MW00963599

CE LIVRE APPARTIENT À

. . . .

. . . .

. . . .

RETROUVEZ Le Club des Cinq
DANS LA BIBLIOTHÈQUE ROSE

Enid Blyton

Le Club des Cinq se distingue

Illustrations de Jean Sidobre

HACHETTE

L'ÉDITION ORIGINALE DE CET OUVRAGE
A PARU EN LANGUE ANGLAISE
CHEZ HODDER & STOUGHTON, LONDRES,
SOUS LE TITRE :

FIVE ON A SECRET TRAIL

© Enid Blyton Ltd
La signature d'Enid Blyton est une marque déposée
qui appartient à Enid Blyton Ltd. Tous droits réservés.

© Hachette Livre, 1968, 1989, 2000.

Hachette Livre, 43, quai de Grenelle, 75015 Paris.

Chapitre 1

La collerette de Dagobert

« Maman ! Maman ! où es-tu ? » cria Claude en se précipitant dans la maison.

Aucune réponse ne lui parvint. Sa mère était au fond du jardin à cueillir des roses. Claude s'arrêta au pied de l'escalier et cria encore plus fort :

« Maman ! Viens vite ! C'est grave ! »

Une porte s'ouvrit brutalement derrière son dos, et son père surgit, en colère comme il l'était toujours lorsqu'on le dérangeait dans son travail.

« Claudine ! un peu de silence, je te prie. Je suis plongé dans un rapport très...

— Oh ! papa ! Dago s'est fait mal...

— Dago ? » Le regard paternel se tourna sans indulgence vers le chien qui se tenait, selon son habitude, collé aux jambes de Claude. « Il n'a pas l'air bien malade, commenta la voix sévère. S'il s'est encore fourré une épine dans la patte, enlève-la-lui et ne crie pas comme s'il y avait le feu à la maison !

— Mais, papa... il est blessé ! cria-t-elle à travers la porte que M. Dorsel avait refermée, je t'assure que Dago... Oh ! Maman ! Voilà maman !

— Que se passe-t-il, ma chérie ? demanda sa mère en posant les fleurs sur le buffet. J'ai entendu ton père crier, et maintenant c'est toi !

— Dago est blessé », fit Claude en s'agenouillant auprès du chien.

Doucement, elle écarta une de ses oreilles, découvrant une profonde entaille. Dagobert gémit, et des larmes vinrent aux yeux de Claude.

« Ne sois pas stupide, ma chérie, lui dit sa mère. Ce n'est qu'une coupure. Comment s'est-il fait cela ?

— En courant il s'est pris dans un fil de fer barbelé qu'il n'avait pas vu... Regarde, cela saigne !

— C'est profond, en effet. Tu devrais le conduire chez le vétérinaire. Il fera quelques points de suture et on n'en parlera plus. Pauvre Dago, va !

— J'y vais tout de suite, maman », fit Claude en se redressant, rassérénée. « Viens, Dago ! »

Le chien ne se fit pas prier. La porte de la villa

des Mouettes claqua bruyamment ; mêlés à des cris de joie et à des aboiements, des pas précipités dévalèrent le perron, firent voler le gravier.

M. Dorsel sursauta, regarda par la fenêtre, vit sa fille s'élancer sur la route et poussa un soupir de soulagement. « Ouf ! dit-il, enfin quelques minutes de paix ! » Et, aussitôt, il se replongea dans ses plans et ses papiers couverts de chiffres.

La villa du vétérinaire, coquette et fleurie, se dressait, isolée, à la sortie du bourg de Kernach. Claude y arriva en courant et insista tellement pour être vite reçue qu'elle n'attendit presque pas.

Le diagnostic fut rassurant. Le vétérinaire recousit la plaie, qu'il recouvrit d'un pansement ; cela fait, il reçut les remerciements émus de sa jeune cliente.

« Tout ira bien, dit-il avec un bon sourire, en se lavant les mains. Mais veillez à ce que votre chien ne se gratte pas. Si la plaie s'envenimait, cela pourrait devenir ennuyeux.

— Mais comment faire pour l'empêcher de se gratter ? questionna Claude, de nouveau anxieuse. Regardez ! il y passe déjà la patte ! »

Le vétérinaire, heureusement, avait réponse à tout : « Mettez-lui une grande collerette de carton bien raide autour du cou, dit-il. Ainsi, quoi qu'il fasse, il ne pourra pas toucher la blessure avec sa patte.

— Mais... mais, fit Claude, Dago ne va pas aimer cela, et il aura l'air ridicule !

— Je ne vois pourtant pas d'autre moyen », répliqua le vétérinaire en repoussant la fillette vers la porte de son cabinet. « J'ai beaucoup d'autres clients qui m'attendent ! »

Claude comprit qu'il était inutile d'insister. Elle reprit le chemin de la villa des Mouettes d'un air préoccupé. Dagobert la suivait en bondissant joyeusement, comme s'il avait oublié la gravité de son cas. Et puis, brusquement, il s'arrêta et passa sa patte de derrière sur son oreille blessée.

« Non ! Dago ! s'écria Claude. Je te défends de te gratter. Tu ferais tomber le pansement. Non ! Dago ! »

Dago leva paisiblement un œil étonné, et reposa sa patte à terre. En chien obéissant, il ne voulait pas contrarier sa maîtresse. Puisque celle-ci s'indignait de le voir se gratter, il attendrait d'être seul pour le faire. Mais Claude lisait dans les pensées de Dago. Elle fronça les sourcils.

« Tant pis pour toi ! lui dit-elle. Tu l'auras, ta collerette de carton ! Et maman m'aidera à la faire ! »

Claude connaissait son incompétence en travail manuel, mais savait pouvoir compter sur l'inlassable bonne volonté de sa mère. Aussi n'eut-elle pas besoin d'insister beaucoup pour que celle-ci se mît à l'ouvrage. Claude n'eut bientôt plus qu'à admirer l'habileté avec laquelle Mme Dorsel découpait un grand cercle de carton, le fendait, en échancrait l'intérieur, et le fixait autour du cou de Dago de façon définitive, en cousant les bords l'un sur l'autre.

Dago se laissait faire, l'air surpris, sans manifester la moindre impatience. Quand on lui rendit sa liberté, il s'écarta de quelques pas, leva sa patte pour gratter son oreille douloureuse, mais, naturellement, ne put l'atteindre et ne gratta en fin de compte que le carton.

« Ne m'en veux pas, mon pauvre Dago, murmura Claude toute honteuse du tour qu'elle venait de jouer à son chien. C'est l'affaire de quelques jours... »

Juste à ce moment la porte s'ouvrit, et son père parut.

« Hé ! Dago ! s'écria-t-il joyeusement, quel joli déguisement ! Tu ressembles à Marie de Médicis !

— Ne te moque pas de lui, papa ! s'exclama Claude. Tu sais bien que les chiens détestent ça ! »

Dagobert, en effet, parut offensé par cette ironie. De sa démarche la plus digne, il quitta la pièce et se dirigea vers la cuisine. On entendit alors l'éclat de rire vibrant de Maria, la cuisinière, puis, aussitôt après, celui, beaucoup plus bruyant encore, du facteur.

« Oh ! Dago ! lança la voix de Maria... Qu'as-tu fait pour mériter ce beau col ?

— Ça lui donne l'air plutôt empaillé ! » constatait la voix grave du facteur.

Ces sarcasmes rendirent Claude d'une humeur massacrante qu'elle conserva jusqu'au soir. Personne ne comprenait donc combien il était pénible pour le pauvre Dago de supporter cette collerette ? Il ne pouvait même pas s'allonger à son aise, et pourtant il lui faudrait garder ce carcan nuit et jour ! À quoi bon le faire souffrir davantage en se moquant de lui ?

« Calme-toi, ma petite Claude, lui dit sa mère. Si ton père te voit faire cette tête-là, il va se fâcher, il t'appellera Claudine, ce que tu détestes, et la vie deviendra impossible ! Dago devra porter ce col pendant huit jours au moins. Et tiens ! regarde-le ! il commence à s'y habituer !

— Mais tout le monde rit en le voyant ! s'exclama Claude. Les enfants du voisin se sont rassemblés derrière la haie pour se le montrer du doigt. Le laitier m'a dit que j'étais cruelle de torturer mon chien. Papa éclate de rire chaque fois qu'il le rencontre et...

— Tu attaches de l'importance à des riens, ma pauvre Claude ! As-tu oublié que ta cousine Annie doit arriver dans deux jours ? Elle ne s'amusera guère si tu passes ton temps à grogner ! »

L'humeur de Claude ne s'améliora pourtant pas. Le lendemain, après deux altercations avec son père au sujet de Dago, une dispute avec des gamins qui se moquaient de lui, et une prise de bec avec le fils du boulanger, elle décida qu'elle ne resterait pas à la villa des Mouettes un jour de plus.

« Je vais prendre ma tente et nous nous en irons tous les deux, quelque part où personne ne pourra te voir, dit-elle à Dagobert. Nous reviendrons quand ton oreille sera guérie et que je pourrai t'enlever ta collerette. N'est-ce pas que c'est une bonne idée, Dago ?

— Ouah ! » répondit le chien.

Il appréciait toutes les idées de sa maîtresse, sauf celle de la collerette qui le déconcertait un peu.

« Les chiens eux-mêmes se moquent de toi, poursuivait Claude. As-tu vu l'horrible petit loulou de Mme Javier ? Il faisait une grimace exactement comme quelqu'un qui rit. Je ne peux pas supporter cette ironie, moi. Et toi ? »

Certes, Dago n'appréciait guère ce nouvel état de choses. Il en était cependant beaucoup moins bouleversé que sa maîtresse. Il la suivit dans sa chambre et, d'un air intéressé, la regarda sortir du placard son matériel de camping. En même temps, les oreilles dressées, il ne perdait pas un mot de ses discours.

« Nous irons dans la lande, disait Claude, là où Mme Le Meur nous avait proposé de camper l'année dernière. On y est tranquille, loin de la mer et des baigneurs. Il n'y passe personne ! Et puis, il y a une source, c'est tout ce qu'il nous faut…, avec les provisions que Maria me donnera. Je prendrai ma bicyclette et nous partirons ensemble. Annie viendra nous rejoindre si elle le veut…, sinon nous nous passerons d'elle. Allons, viens, Dago ! Tout est prêt, sauf le ravitaillement. Il me faut aussi la permission de maman ! Viens ! »

Mme Dorsel ne parut guère apprécier l'idée de Claude. Les Le Meur étaient de braves gens, mais leurs terres s'étendaient sur la lande dans une région très isolée.

« Il n'y a que des rochers et des ajoncs par là,

11

dit-elle à sa fille. Tu vas t'y ennuyer à périr. Attends au moins qu'Annie soit arrivée. »

Mais quand Claude avait décidé quelque chose, il fallait le réaliser vite. D'ailleurs, à quoi bon attendre et les faire souffrir inutilement, elle et son chien ?

Mme Dorsel sourit.

« Je veux bien te laisser partir, dit-elle, si tu me promets d'être raisonnable et si ton père est d'accord. Attends que j'aille le lui demander.

— Oh ! tu crois que c'est utile ? Alors fais vite, maman ! »

Mme Dorsel entra dans le bureau de son mari et lui exposa le cas. Il se mit à rire.

« Que de chichis pour une écorchure à une oreille de chien ! s'écria-t-il. Mais si Claude a envie d'aller camper chez les Le Meur, je n'y vois pas d'inconvénient. Claude est très capable de se tirer d'affaire seule, en attendant qu'Annie la rejoigne ; quant à nous, nous ne verrons plus sa mine renfrognée. Tout le monde y gagnera. Tu ne trouves pas ? »

Voilà pourquoi, le lendemain matin, Annie, arrivant à la gare de Kernach, chercha vainement des yeux Claude et son chien et ne découvrit que sa tante Cécile, son habituel sourire aux lèvres.

« Que se passe-t-il ? demanda-t-elle, surprise.

— Une lubie de Claude. Rien de grave. Viens, ma petite Annie, je t'expliquerai en chemin... »

Deux campeuses

Mme Dorsel eut tôt fait de conter à Annie l'histoire de la collerette de Dagobert, cause de tant de tracas. Annie ne put retenir un petit sourire.

« Cette pauvre Claude, je la vois d'ici ! Folle de son chien comme elle l'est, elle a dû souffrir cent fois plus que si sa propre oreille s'était fendue. Est-ce que je peux aller la rejoindre tout de suite, tante Cécile ?

— Claude m'a chargée de te dire qu'elle t'attendrait à midi, à l'entrée du chemin conduisant chez les Le Meur. Tu sais où c'est ?

— Oh ! oui ! J'y serai ! Il fait un soleil superbe, un temps idéal pour le camping. Pour ma part, je suis ravie que Claude ait eu cette idée !

— Eh bien, tant mieux ! Vous resterez autant que vous voudrez. Je regrette seulement que tes frères ne soient pas avec vous. As-tu de leurs nouvelles ? »

François et Michel, les frères aînés d'Annie, étaient avec des camarades de lycée en randonnée en Espagne.

« Ils paraissent enchantés de leur voyage, répondit Annie, et ils ne parlent pas de retour. Peut-être ne viendront-ils même pas à Kernach cet été.

— Claude sera bien désolée de l'apprendre », fit tante Cécile, qui aimait beaucoup ses jeunes neveux et appréciait leur bonne influence sur sa fille. « Elle comptait tant sur leur venue prochaine !

— Il faudra que Claude se contente de moi, murmura Annie, et moi, sans eux, ce n'est pas grand-chose. Je me sens bien peu entreprenante quand ils ne sont pas là. Je n'ai jamais été très brave ! »

Annie pouvait bien dire qu'elle n'était pas très brave... Elle était si contente de camper avec sa cousine, et si loin de penser que la moindre aventure pût leur arriver dans ce paisible coin, qu'elle partit joyeusement, un sac bourré de provisions sur le dos.

À midi, elle arriva au lieu du rendez-vous et s'étonna de n'y voir personne. Partout alentour s'étendait la lande couverte d'ajoncs et de bruyères, avec, çà et là, des bouquets de chênes tordus par le vent et des plaques rocheuses où brillait le soleil. Un vrai paysage de Bretagne, âpre et sauvage. Ce n'était pas le genre de campagne qu'Annie préférait, mais elle savait que Claude devait s'y plaire et pensa seulement qu'elle n'aurait pu choisir meilleure retraite pour dissimuler son chien.

« Pourvu, se dit-elle en posant son sac à terre et s'asseyant dessus, que Claude n'ait pas changé d'avis, ou oublié sa promesse de venir me chercher. Je n'ai pas envie de battre le terrain pour trouver sa tente. Telle que je la connais, elle a dû bien la cacher ! »

Quelques minutes passèrent sans que rien bougeât sur la lande, sinon quelques branches d'ajoncs agitées par le vent. Impatientée, Annie se releva.

« Peut-être Claude a-t-elle laissé une commission pour moi chez les Le Meur, se dit-elle. Je vais aller voir. »

La maison du vieux pêcheur se dressait toute proche, au bout du sentier bordé d'un muret de pierres sèches. Annie s'y engagea. Elle ne trouva que la vieille Bretonne, occupée à dépouiller un lapin.

« Oui, Claude est venue hier soir, dit-elle en réponse aux questions d'Annie. Je lui ai proposé de camper près de la maison, mais en vain. Je crois qu'elle est partie planter sa tente là-bas, près de la source. Elle n'a pas voulu que mon mari l'accompagne, et je ne l'ai pas revue ce matin. Elle avait un air mystérieux, vous savez, comme si elle cachait quelque chose.

— Oui ! fit Annie en riant. Son chien !

— Ah ! c'est donc cela. Elle l'avait laissé der-

15

rière la porte, et il aboyait sans arrêt. Qu'a-t-elle donc, la pauvre bête ? »

La mère Le Meur rit beaucoup en apprenant l'histoire de Dago.

« Soyez sûre, affirma-t-elle, que je n'en dirai rien à personne, et je me garderai bien de vous rendre visite, comme j'avais pensé le faire... Je préviendrai mon mari. Vous ne serez pas dérangées, allez ! »

Annie remercia la Bretonne de sa compréhension et retourna au bord de la route attendre Claude.

« Si sa montre s'est arrêtée, se dit Annie, elle est capable de n'arriver que dans deux ou trois heures. Vais-je commencer à déjeuner sans l'attendre ? »

Un appel la fit soudain sursauter.

« Pst ! »

Claude venait de se montrer, surgissant d'un buisson, à dix mètres du chemin. À son côté, bondissait Dago, sa collerette blanche plus surprenante que jamais dans le grand soleil.

« Comment, tu étais là ? s'écria Annie. Et tu te cachais ! Pourquoi ? Bonjour, mon vieux Dago. Comment va ta pauvre oreille ? »

Claude fut ravie de voir que sa cousine s'inquiétait de l'oreille de Dago sans rire de son accoutrement. « J'avais peur que tu ne sois pas seule, dit-elle. Maman n'a pas changé d'avis ? Elle ne demande pas que je rentre ?

— Absolument pas, elle trouve seulement que tu aurais bien pu m'attendre pour partir.

— Je craignais que tu n'aies pas envie de

16

venir, mais puisque tu es là, tout va bien. Viens voir mon camp. Je suis magnifiquement installée près d'une petite source. Dago pourra boire autant qu'il voudra... et nous aussi. As-tu apporté des provisions ?

— Tante Cécile m'en a donné des masses. Et elle dit que si nous en voulons d'autres, nous n'avons qu'à retourner en chercher. »

Un flot de joie envahit Claude. « Au fond, j'ai eu une excellente idée ! s'écria-t-elle. Il fait beau. Nous allons bien nous amuser, et l'oreille de Dagobert sera guérie avant que nous ayons envie de rentrer à la maison. Viens ! il n'y a pas une minute à perdre ! »

Les deux cousines s'éloignèrent, le chien sur leurs talons. S'il les quittait parfois pour pousser une pointe rapide vers un terrier de lapin, ses disparitions ne duraient pas. Et il revenait aussitôt reprendre fidèlement sa place, comme s'il se savait responsable de la sécurité des promeneuses.

« Quand arrivent François et Mick ? demanda soudain Claude. J'espère que Dago sera guéri avant leur retour et que nous pourrons être aux Mouettes pour les accueillir...

— Ne compte pas trop sur eux cet été, coupa Annie. Je ne sais pas s'ils viendront.

— Comment ? ils pourraient ne pas venir ? Mais ils viennent tous les étés ! Ils ne vont pas nous abandonner, non ? Que deviendrons-nous sans eux ?

— Il faut te faire une raison, ma pauvre Claude. Ils sont en Espagne et ravis d'y être.

Dans toutes leurs lettres, ils délirent d'enthousiasme et ne parlent jamais de revenir.

— Oh ! » fit Claude désespérée. Et ce fut tout ce qu'elle put dire.

« Ne prends pas cet air malheureux. Nous arriverons bien à nous amuser sans eux. »

Claude ne prenait pas un air malheureux. Elle était vraiment malheureuse. Ces vacances dont elle se réjouissait si fort lui apparaissaient soudain comme d'interminables semaines où tout ne serait qu'ennui et monotonie.

« Sans eux, il ne nous arrivera pas la moindre aventure, gémit-elle d'une toute petite voix.

— Ce n'est pas moi qui m'en plaindrai, riposta sa cousine. Tu ne trouves pas qu'il serait agréable, pour une fois, de passer des vacances paisibles, en nous amusant tout simplement, sans courir aucune aventure ni aucun danger ?

— Non ! fit Claude avec conviction. Quand tes frères ne sont pas là, nous ne sommes plus rien..., il n'y a plus de Club des Cinq...

— Ouah ! » approuva tristement Dagobert en s'asseyant sur son arrière-train. Puis il leva la patte pour se gratter l'oreille et se heurta au col de carton. « Ouah ! » répéta-t-il avec un rien de colère dans la voix, mais, juste à ce moment, la brise lui apporta une odeur de lapin, et il s'élança à travers la lande, aussi léger que s'il n'avait pas ce carcan autour du cou.

« Dag est plus sage que toi, déclara Annie. Sa collerette le préoccupe bien moins que toi ! Est-ce que nous allons bientôt arriver à ton camp ? C'est au diable !

18

— Je me suis installée le plus loin possible de chez les Le Meur, tout près d'une ferme en ruine. Tu la connais ?

— Non !

— Je ne l'avais jamais remarquée non plus, elle est presque entièrement dissimulée sous des rosiers qui grimpent au-dehors aussi bien qu'au-dedans.

— Est-ce qu'on peut se baigner quelque part ?

— Je ne sais pas. Il faudra explorer les environs. J'ai apporté mon maillot de bain et j'espère m'en servir, mais je ne pouvais pas m'installer près de la côte, tu comprends... il y a bien trop de monde.

— Oui, je comprends », fit Annie en souriant.

Les deux fillettes arrivèrent bientôt en vue de la tente dressée par Claude. Elle dessinait un joli triangle jaune, au pied d'un sapin isolé au milieu de la lande, où les bruyères commençaient à rosir.

« Et voilà la source ! » annonça triomphalement Claude, entraînant Annie quelques mètres plus loin.

La source était charmante. Aménagée par les anciens habitants de la chaumière aujourd'hui ruinée, elle s'écoulait hors d'une rustique construction de pierres. Son filet d'eau y jaillissait, pur comme le cristal. Annie eut tôt fait de prendre un gobelet dans son sac et de goûter à cette eau.

« Oh ! comme elle est fraîche ! s'écria-t-elle. J'ai si soif que j'en boirais des tonneaux !

— Moi, j'ai surtout faim ! s'exclama Claude. Si tu as des provisions, nous pourrions déjeuner tout de suite, ne crois-tu pas ? »

Les deux cousines partagèrent gaiement les sandwiches préparés par Maria, et en abandonnèrent une partie à Dago qui eut droit, en plus, à une large ration de gâteaux pour chiens, puis elles s'allongèrent à l'ombre, sur la bruyère encore chaude de soleil.

« On est merveilleusement bien ici, constata Annie. Nous sommes seules avec les lapins et les oiseaux..., on ne pourrait rêver mieux !

— Écoute ce silence », murmura Claude en étouffant un bâillement et, juste à ce moment, on entendit un bruit. Un bruit aigu de fer frappant sur la pierre. Il se répéta plusieurs fois, puis s'arrêta.

« Qu'est-ce que ça peut être ? demanda Claude en se redressant.

— Aucune idée ! Et d'ailleurs, c'est sans importance. Cela vient de loin, et si tout n'était pas tellement silencieux, nous ne l'entendrions même pas... »

Le bruit reprit, et s'arrêta encore. Mais les deux filles ne l'entendaient plus. Elles s'étaient endormies.

Claude ne s'éveilla que plus tard, lorsque Dago, revenant d'une de ses chasses au lapin et s'ennuyant seul sans doute, vint se coucher lourdement sur ses jambes. Elle se redressa en sursaut.

« Dago ! s'écria-t-elle. Va-t'en ! »

Complaisamment, le chien se déplaça de

quelques centimètres, ramassa quelque chose qu'il avait laissé tomber à terre, et, se recouchant plus loin, se mit à le ronger. Claude regarda ce que c'était.

« Un os ! Dago, où as-tu trouvé un os ? Annie, est-ce toi qui le lui as apporté ?

— Qu'est-ce que tu dis ? bafouilla Annie à peine éveillée, Non, je n'ai pas apporté d'os. Pourquoi ?

— Dagobert en a trouvé un. Et il y a encore dessus des débris de viande cuite. Dago ! où as-tu pris ça ?

— Ouah ! » fit Dagobert, posant l'os aux pieds de sa jeune maîtresse. Pourquoi s'intéressait-elle tant à cet os ? Il n'aurait pas su le dire, mais si elle avait envie de le ronger un peu, ce n'est pas lui qui l'en empêcherait, bien sûr !

« Crois-tu que quelqu'un d'autre campe dans les parages ? demanda Annie complètement réveillée. Les os ne poussent pas sur la bruyère, que je sache ! Et celui-là est encore plein de viande. L'as-tu pris à un autre chien, Dago ? »

Dago agita la queue sans répondre. Il avait l'air parfaitement satisfait de lui-même.

« C'est un vieil os, lui dit Claude. Il sent mauvais. Va-t'en, Dago ! Va le manger plus loin, ou enterre-le, ce sera encore mieux. »

Dago s'éloigna. Les mêmes bruits métalliques s'élevèrent dans le silence. Claude fronça les sourcils.

« Viens, Annie, dit-elle. J'ai idée qu'il y a des campeurs dans les parages. Allons explorer les environs, et si nous ne sommes pas seules, nous déménagerons. Je veux être tranquille, moi ! Allons, viens, Dago ! Oui, c'est cela. Enterre cette saleté d'os... Par ici, Annie ! »

La chaumière en ruine

Les deux filles et Dagobert quittèrent l'ombre du sapin sous lequel elles avaient dormi, et s'avancèrent dans la lande brûlée de soleil, en direction de la source. On ne voyait personne...

« Où est ta chaumière en ruine ? demanda Annie.

— Juste de l'autre côté ! Viens voir. »

De la source, un bouquet de chênes rabougris cachait à la vue l'ancienne petite ferme, mais il suffisait de faire quelques pas pour la découvrir : amas de pierraille envahi de verdure, où se découpait çà et là le trou noir d'une porte ou d'une fenêtre.

« Si nous la visitions ? proposa Annie. Elle a l'air vieille comme le monde !

— Allons-y, acquiesça Claude, je n'y suis pas

encore entrée. Mais il suffit d'y jeter un coup d'œil pour voir qu'elle n'est pas habitable. »

Claude ne se trompait pas. L'entrée n'était plus qu'une arche de pierre béante, d'où la porte de bois avait disparu. À l'intérieur, le sol, autrefois dallé de petits pavés blancs, était maintenant verdoyant. La végétation s'était insinuée dans toutes les fentes et avait peu à peu disloqué et même soulevé le pavage. En deux ou trois endroits, des pans de murs s'étaient fissurés, découvrant des lambeaux de ciel à travers les branches touffues des rosiers. Une des deux fenêtres était encore solide malgré ses carreaux cassés, l'autre, complètement pourrie, s'était effondrée. Dans un angle, un petit escalier de pierre, tournant sur lui-même, conduisait à l'étage.

« Il y a des chambres en haut, constata Annie. Et ici, cette autre pièce devait être la cuisine : il y a un vieil évier et une pompe.

— Rien de bien intéressant, résuma Claude.

Inutile de monter voir les chambres, ce ne sont même plus des chambres, puisqu'il n'y a pas de toit... Oh ! As-tu vu cette porte ? Elle tient encore debout, celle-là ! »

Claude tenta d'ouvrir le battant qui résista à une première pression, mais, à la seconde, s'arrachant de ses gonds, il s'abattit d'un seul coup avec un bruit terrible. Au-delà apparut une petite cour herbeuse.

La fillette eut un sursaut de surprise.

« Vrai ! s'écria-t-elle. Je ne pensais pas que ça s'écroulerait si facilement. Et Dago non plus. Il a eu peur. Regarde comme il se sauve ! »

Annie était déjà entrée dans la cour, que clôturaient d'autres bâtiments, en aussi mauvais état que la maison d'habitation.

« Ceci a été un poulailler, énumérait-elle, et ceci l'étable à cochons. Ici, il y avait une mare pour les canards. Elle est complètement asséchée. Tiens ! l'écurie est mieux conservée que le reste. Le sol est en bon état, et les mangeoires pas tout à fait rouillées. Oh ! ce vieux, vieux harnais pendu à ce clou ! Comment tient-il encore ? »

Claudine fit la moue.

« Toi qui n'aimes pas les ruines, dit-elle à sa cousine, pourquoi t'intéresses-tu à celles-ci ? Elles n'ont rien de passionnant.

— Non ! mais elles ne me font pas peur. Dans les autres, il me semble toujours qu'il s'est passé des choses affreuses. Ici, j'ai l'impression que les gens vivaient heureux, sans histoire... On ne serait même pas étonné d'entendre encore les poules caqueter et les canards... »

« Coin ! Coin ! Coin ! Cot-cot-cot-codett ! »

Annie ravala brusquement sa salive avec la fin de sa phrase, et regarda sa cousine. Mais ce n'était pas Claude qui s'amusait à lui faire une farce. Tout ahurie et un peu pâle, elle regardait autour d'elle, essayant vainement d'apercevoir les canards qui avaient cancané et les poules qui venaient de caqueter.

« Qu'est-ce que c'est ? demanda Claude. Tu as entendu ? » Puis elle éclata de rire. « Ta description était si éloquente, dit-elle, que j'ai cru entendre les poules et les canards. Si tu avais parlé d'ânes, je les aurais entendus braire... »

« Hi-han ! Hi-han ! »

Il n'y avait pas à s'y tromper cette fois. Le braiment d'un âne venait de trouer le silence. Les deux cousines se regardèrent effrayées, puis cherchèrent des yeux Dagobert. Il avait disparu.

« Coin ! Coin ! Coin ! »

Les canards, de nouveau, se faisaient entendre.

« C'est trop stupide ! se récria Claude. Il doit y avoir près d'ici une ferme habitée que nous n'avons pas vue. Dago ! Viens, on va chercher la ferme ! »

Dagobert ne répondit, pas, et Claude siffla pour l'appeler. Son appel retentit, aigu et un peu tremblant. Puis un autre sifflement, tout pareil, lui revint en écho.

« Dag ! » hurla Claude aussi mal à l'aise qu'on peut l'être parfois dans un cauchemar.

Dago parut enfin. Il avançait la tête basse et l'échine creuse, comme tout chien qui ne se sent pas la conscience pure. Sa queue se balançait en signe de repentir, et, sur cette queue, les fillettes aperçurent un ornement insolite : un beau, un très joli nœud de ruban bleu.

« Dago ! s'écria Claude de plus en plus perplexe. D'où viens-tu ? Que signifie ce ruban ? Qui est ici ? »

Mais les deux filles eurent beau fouiller les environs, la maisonnette en ruine et ses communs, elles n'aperçurent aucun être vivant, ni homme ni bête.

« Pourtant, il y a quelqu'un ! s'exclama Claude exaspérée, ce n'est pas Dago lui-même qui s'est noué ce ruban sur la queue...

— Peut-être un passant ? suggéra Annie.

— Non ! Dago ne laisse pas des inconnus l'approcher, et encore moins le décorer aussi stupidement ! Je ne comprends rien à ce qui nous arrive, ni à ce qui lui arrive ! Et il n'y a rien à comprendre ici. Allons-nous-en ! »

Claude et Annie regagnèrent leur camp. La première était d'une humeur massacrante, la seconde assez effrayée. Dagobert se coucha à leurs pieds dès qu'elles furent assises, puis, quelques minutes plus tard, il se releva. D'une démarche assurée il se dirigea droit vers un épais buisson d'aubépine et tenta de se glisser dessous.

« Où va-t-il encore ? grogna Claude. C'est à croire qu'il devient fou ! Dago ! tu ne peux pas-

ser là-dessous avec ta collerette, voyons ! Dago !
viens ici ! »

Dago recula à regret, arrachant au buisson sa
fraise de carton déjà cabossée. Derrière lui,
apparut un tout petit fox borgne, au poil noir et
blanc. Son œil valide était remarquablement
brillant et vif, sa queue étonnamment longue et
fine, et la bête tout entière, depuis l'extrémité
noire de son museau jusqu'à la fine pointe de sa
queue, était agitée d'un frétillement joyeux.

« Eh bien, s'écria Claude ahurie, en voilà une
drôle de bête ! Que fait-elle ici ? Et comment
Dago la supporte-t-il ? On dirait qu'ils se
connaissent !

— Ouah ! » répondit Dago, conduisant le fox
à sa maîtresse. Puis il entreprit de déterrer l'os
mystérieusement découvert quelques heures
plus tôt pour l'offrir à son nouvel ami.

Claude n'y comprenait rien. « On m'a changé

Dago ! s'écria-t-elle. Encore un peu et il nous ramènera un chat !

— Miaou ! Miaou ! »

Les deux fillettes sautèrent sur leurs pieds. Les deux chiens redressèrent la tête, le poil hérissé.

« De plus en plus fort ! » murmura Annie, partagée entre la peur et l'envie de rire.

Mais Claude ne riait pas. Elle observait les chiens qui se précipitaient vers le buisson, et s'élança à leur suite.

« Ici, Dago ! criait-elle. Ici ! et toi, petit chien, n'avance pas. Annie, viens le tenir pendant que je cherche le chat. N'aie pas peur, il ne te mordra pas. Il est très civilisé. »

Le fox l'était en effet. Il regardait Annie, avec son bon œil brillant de joie, et ne cessait d'agi-

ter la queue. Claude se glissa sous le buisson. Tout d'abord, elle ne vit rien, tant le feuillage était touffu et l'ombre épaisse. Puis elle aperçut quelque chose et, si elle n'avait été aussi brave, elle aurait crié de frayeur.

Ce quelque chose n'était pas un chat, mais un visage grimaçant. Un visage aux yeux brillants, sur lesquels retombaient des mèches blondes en broussaille, et dont les lèvres s'ouvraient sur deux rangées de dents très blanches.

« Miaou ! Miaou ! » répétait la bouche.

Claude recula plus vite qu'elle ne s'était avancée.

« Qu'est-ce que c'est ? » lui demanda Annie. Mais Claude dut attendre, pour pouvoir lui répondre, que son cœur batte moins vite.

« Quelqu'un se cache là. Un idiot de garçon... c'est lui qui miaule.

— Miaou ! Mia-o-u !

— Sors de là ! lui cria Annie, et montre-toi si tu as un grain de bon sens ! »

Il y eut un bruit de branches cassées, puis une tête parut, et un jeune garçon s'extirpa à quatre pattes de sous les broussailles. Quand il se redressa, on put voir qu'il était solidement bâti, âgé de douze ou treize ans, et nanti d'un visage sympathique, l'air effronté et rieur. En l'apercevant, Dagobert s'élança vers lui et lui lécha affectueusement les mains. Claude le regardait faire avec ahurissement.

« Comment se fait-il que mon chien te connaisse ? demanda-t-elle enfin.

— Il est venu me trouver dans mon propre

30

camp, hier soir. Je lui ai donné un os, et il a fait connaissance avec mon chien, Radar. Tout à l'heure, il est revenu, je lui ai donné un autre os ; nous sommes maintenant de bons amis.

— Je comprends, fit Claude sèchement. Mais je n'aime pas que mon chien accepte la nourriture offerte par les inconnus...

— Tu as parfaitement raison, dit le garçon. Mais j'ai préféré lui donner cet os à croquer que d'être croqué moi-même par lui ! N'empêche, c'est un bon chien. C'est sa collerette qui le rend susceptible..., et Radar a tellement ri en le voyant arriver ! »

Claude fronça les sourcils.

« Il a une plaie à l'oreille, expliqua-t-elle, et je suis justement venue camper ici pour que personne ne se moque de lui. Je pense que c'est toi, l'idiot qui lui a attaché un ruban à la queue !

— Oui, c'est moi. J'aime la plaisanterie autant que tu parais aimer les reproches et les regards furibonds. Ton Dago ne s'est pas fâché, lui ! Il a joué avec Radar. Mais moi, j'ai voulu savoir à qui il appartenait. Je n'aime pas que des inconnus viennent rôder autour de mon camp, et sur ce point, au moins, nous sommes d'accord.

— Alors, c'est toi aussi qui as fait le canard, l'âne et la poule ? Joli talent ! »

Malgré sa mauvaise humeur, Claude se sentait attirée vers ce garçon farfelu, au large sourire amical.

« Que fais-tu ici ? demanda-t-elle. Tu campes ? Tu excursionnes ? Tu herborises ?

— Non ! je fais des fouilles. Mon père est

archéologue, et je tiens de lui la passion des vieilles pierres. Un camp romain occupait autrefois ce terrain. Papa en a retrouvé l'emplacement, et je creuse pour le plaisir de trouver n'importe quoi : poteries, armes ou vieux murs. Tenez ! j'ai découvert ceci hier. Regardez. »

En même temps il tirait de sa poche une vieille pièce de monnaie tout usée et tordue.

« Ce profil est celui de Marc-Antoine, dit-il. Vous voyez que le camp est très ancien.

— Oh ! nous viendrons le visiter ! s'écria Annie.

— Non, ne venez pas ! J'ai horreur d'être dérangé quand je travaille. Ne vous montrez pas, et je ne vous ennuierai plus. Promis ?

— Promis, répéta Claude très compréhensive. Mais tu nous promets aussi de ne plus jouer de tours, ni à nous ni à Dago ?

— Non ! je vous dis que vous ne me verrez plus. Je sais maintenant à qui appartient le chien, c'est tout ce que je voulais. Adieu ! »

Et, sifflant Radar, le jeune garçon s'en fut en courant à travers la lande. Claude se tourna vers Annie :

« Drôle de garçon, dit-elle. C'est presque dommage de ne plus le voir, n'est-ce pas ? »

Chapitre 4

Cette nuit-là

La montre d'Annie, en accord avec les sentiments de chacun, y compris ceux de Dago, indiquait que l'heure du goûter avait sonné depuis longtemps.

Les deux filles burent à longs traits l'eau de la source en y ajoutant quelques gouttes de sirop d'orange et croquèrent une bonne quantité de gâteaux secs. Le chien ne fut pas oublié. Claude examina ensuite, pour la centième fois de la journée, l'oreille de Dago et déclara que la blessure était en bonne voie de guérison.

« Il est trop tôt pour lui retirer sa collerette, affirma Annie, il pourrait encore s'écorcher en se grattant.

— Mais je n'ai aucune envie de la lui enlever, rétorqua Claude, bourrue. Nous sommes ici pour qu'il puisse la garder. Allons, viens ! Nous allons nous promener.

— Je veux bien, fit Annie. Où allons-nous ? Tiens ! les coups qu'on entendait pendant le déjeuner recommencent... Ce doit être ce garçon qui fait des fouilles. J'aimerais bien le voir à l'œuvre.

— Nous avons promis de ne pas le déranger. Nous ne devons même pas aller de son côté.

— Bien sûr que non ! fit Annie, conciliante. Allons nous promener du côté opposé, le plus loin possible, et espérons que nous ne nous perdrons pas.

— Avec Dago, il n'y a aucun danger ! affirma Claude. Il retrouverait son chemin, même si on l'emmenait dans la lune. N'est-ce pas, Dago ?

— Ouah ! approuva Dago.

— Tu ne risques rien à le lui demander, fit observer Annie en riant, il répond oui à toutes tes questions ! »

Les deux filles firent une très jolie promenade, que troubla seulement le regret de l'absence de François et de Mick. S'ils avaient été là, la lande aurait paru plus belle, les chemins plus aventureux et le soleil plus éclatant, mais il faut reconnaître que les lapins bondissant dans la bruyère n'auraient pas pu être plus amusants. Claude et Annie restèrent longtemps assises à les regarder, à la grande surprise de Dagobert qui réprouvait toujours ce genre de distraction. Les lapins sont des bêtes faites tout exprès pour qu'on leur coure après, alors pourquoi s'asseoir pour les regarder ?

Lorsqu'elles regagnèrent leur camp, les deux cousines entendirent un léger sifflotement. Quelqu'un rôdait dans les parages ! Exaspérée, Claude s'élança à la recherche du coupable. En contournant un buisson, elle faillit renverser un jeune garçon qui s'écarta poliment pour lui livrer passage.

« Comment ! C'est toi ! s'écria Claude outrée. Toi, dont je ne sais même pas le nom ! Que fais-tu ici, encore ? Tu avais promis de ne pas revenir. »

Le garçon la dévisagea avec toutes les marques extérieures de la plus évidente surprise.

« Moi ? Mais je ne vous ai rien promis, dit-il en rejetant en arrière les mèches blondes qui s'obstinaient à retomber sur son front.

— Si ! Tu nous l'avais promis ! » hurla Claude, qu'une telle mauvaise foi révoltait.

Mais son interlocuteur, en colère lui aussi, s'obstina à nier.

« Je ne vous ai jamais fait aucune promesse, déclara-t-il.

— Et tu vas également nous affirmer que tu ne t'es jamais amusé à imiter la poule, le canard et l'âne ?

— Et le chat... » s'empressa d'ajouter Annie.

Le garçon leva les yeux au ciel.

« Elles sont folles ! dit-il. Archifolles ! » et son regard s'emplit d'un air de feinte commisération, absolument insoutenable.

« Et tu as l'intention de revenir souvent ? questionna Claude.

— Aussi souvent qu'il me plaira. L'eau de cette source est bien meilleure que celle qui coule près de mon camp.

— Très bien ! lança Claude d'un ton pincé. En

ce cas, tu ne t'étonneras pas si tu nous vois rôder du côté où tu es installé.

— Allez y rôder si cela vous amuse. Je m'en moque ! Vous êtes folles, c'est certain, mais c'est une folie inoffensive ! Seulement, n'amenez pas votre chien ! Il serait capable de dévorer le mien. »

Et, pivotant sur ses talons, le garçon s'en alla, secouant ses mèches rebelles d'un air dégoûté.

Claude se tourna vers sa cousine.

« Quel drôle de garçon, tout de même ! s'écria-t-elle. Crois-tu qu'il ait réellement oublié sa promesse... et le reste ?

— Je ne sais pas ! Pourquoi était-il si désagréable après avoir été si gentil ce matin ?

— Je ne vois qu'une explication possible, conclut Claude en éclatant de rire, c'est qu'il est tombé sur la tête depuis que nous l'avons vu. Bah ! ne nous tracassons pas pour lui, nous avons mieux à faire : dîner et nous coucher. J'ai affreusement sommeil et je ne sais vraiment pas pourquoi.

— Tu veux te coucher déjà ?

— Le plus tôt possible ! Pas toi ?

— Moi, j'aimerais m'étendre sur la bruyère et regarder les étoiles s'allumer au ciel. Je crois que je préférerais ne pas dormir sous la tente, vois-tu. Elle n'est pas grande, et quand Dagobert sera couché sur tes jambes, je ne saurai plus où me mettre !

— Mais je ne demande qu'à dormir dehors, moi aussi. Je n'ai utilisé la tente, hier, que par crainte de la pluie. Ce soir le temps est superbe, sans un nuage. Profitons-en !

— Occupe-toi du dîner, je vais couper de la bruyère pour nous faire un matelas. Avec une couverture par-dessus, nous serons très bien ! »

Une bonne demi-heure plus tard, le « lit » était prêt et Dagobert allait s'y étendre tout de son long.

« Hé ! ce n'est pas pour toi, lui cria Claude. Va-t'en ! Tu vas tout aplatir ! »

Dagobert se releva à regret, grignota le gâteau qu'on lui tendait et retourna s'allonger sur le matelas de bruyère. Claude ne l'aperçut qu'un moment plus tard. Dans l'auréole de sa collerette gondolée, sa tête reposait tant bien que mal sur ses pattes allongées. Ses paupières étaient closes.

« Hé ! vieux farceur ! cria-t-elle. Tu ne dors pas ! Ce n'est pas vrai ! Lève-toi ! »

Dagobert obéit cette fois encore, mais, quand les filles revinrent de la source après avoir fait leur toilette, elles le retrouvèrent à la même place.

« Je te dis que ce n'est pas ton lit, dut lui expliquer Claude pour la troisième fois en le repoussant. Tu as droit à cette belle plaque d'herbe verte, là, tu vois ! Laisse-nous tranquilles. »

Et, pour éviter une quatrième occupation des lieux, elle s'allongea elle-même sur la bruyère qui s'affaissa légèrement sous son poids.

« Très agréable, annonça-t-elle. Dagobert a bon goût.

— J'apporte ma couverture pour nous couvrir cette nuit si nous avons froid, cria Annie. Installons-nous vite. Je vois déjà une étoile ! »

Il y en eut bientôt six ou sept, puis des centaines... C'était une nuit magnifique.

« Comme il faut qu'elles soient loin pour nous paraître si petites, murmura Annie, des millions de kilomètres nous séparent d'elles ! En y pensant je me sens microscopique. Pas toi, Claude ? »

Mais il n'y eut pas de réponse. Claude dormait déjà. Sa main retomba le long du matelas de bruyère et demeura immobile sur l'herbe. Dagobert s'en approcha doucement et lui donna un léger coup de langue. Puis il s'endormit, lui aussi.

La nuit se fit plus sombre. Les étoiles brillèrent d'un éclat plus vif. Un silence absolu régnait en ce lieu sauvage, à l'écart de toute route. On n'entendait même pas voleter un oiseau de nuit.

Annie ne sut pas pourquoi elle s'éveillait et demeura un instant étonnée, ne sachant plus où elle était, croyant encore rêver d'étoiles. Puis elle sentit qu'elle avait très soif. Elle se leva, se glissa sous la tente et chercha une timbale qu'elle ne trouva pas.

« Tant pis, se dit-elle, je boirai dans mes mains », et elle se dirigea vers la petite source. Dagobert se demanda s'il devait la suivre, mais il pensa que, si Claude s'éveillait, elle ne serait pas contente de voir qu'il l'avait abandonnée. Il se recoucha et se rendormit, une oreille dressée pour suivre les allées et venues d'Annie.

Celle-ci arriva sans peine à la source, guidée par le léger bruit que faisaient les gouttelettes en tombant sur les pierres. L'eau lui parut si délicieusement fraîche dans cette nuit chaude, qu'après en avoir bu elle s'en passa sur le visage. Puis elle se redressa et repartit. Mais à peine avait-elle fait quelques pas qu'elle se demanda si elle était dans la bonne direction. Elle n'en savait plus rien.

« Je crois que oui », se dit-elle, et elle continua d'avancer, regardant tour à tour le sol où elle posait ses pieds et l'horizon où elle espérait voir se profiler la tache claire de la tente. Elle ne devait plus en être loin à présent. Soudain, elle s'arrêta, effrayée. Devant elle une lumière venait de briller, puis de s'éteindre. Qu'est-ce que cela pouvait être ? Ah ! la voici qui reparaissait encore !

Son regard aiguisé par la peur permit enfin à Annie de comprendre qu'elle était partie dans la mauvaise direction. Ce qu'elle avait devant elle, ce n'était pas la tente, mais la chaumière en ruine. Et c'est de là que venait la lumière. Annie aurait bien voulu s'en approcher pour s'assurer qu'elle ne se trompait pas. Elle ne le put, ses pieds résistaient, comme collés à la terre. Puis elle entendit des bruits étouffés, voix basses et autre chose, un son mat semblable à celui que ferait un ballon de football rebondissant sur des marches... Qu'était-ce donc ?

Le souffle court, la gorge serrée, Annie n'eut plus alors qu'une idée : se mettre sous la protection de Claude et de Dagobert. Aussi vite et aussi silencieusement qu'elle le put, elle revint sur ses pas jusqu'à la source, puis, plus vite encore, reprit sa course vers le camp et s'abattit sur le lit de bruyère où sa cousine continuait à dormir paisiblement.

« Claude ! Claude ! haleta-t-elle. Réveille-toi ! Il se passe des choses étranges. Viens voir ! »

Chapitre 5

Encore ce garçon

Claude se retourna en grognant, mais ne se réveilla pas.

« Claude ! Je t'en prie ! répétait Annie. Ecoute-moi. »

Elle n'osait parler fort de peur d'être entendue. Qui sait ce qui pouvait arriver si le bruit de sa voix attirait l'attention des intrus... s'ils s'approchaient du camp... ?

Claude s'éveilla enfin et grogna : « Oh ! Annie laisse-moi tranquille », d'une voix qui résonna très fort dans le silence.

« Chut ! fit Annie. Chut !

— Pourquoi chut ? demanda Claude. Nous sommes seules ici. Nous pouvons faire autant de bruit que nous voulons !

— Justement... non, nous ne s...ommes pas

seules ! haleta Annie, en se cramponnant à son bras. Il y a quelqu'un dans la chaumière en ruine. »

Cette fois Claude se trouva tout à fait réveillée. Elle se redressa et écouta l'histoire que sa cousine lui conta à voix basse. Aussitôt après, elle s'adressa à son chien :

« Dago ! lui dit-elle sans élever la voix, c'est le moment d'aller faire un tour là-bas, n'est-ce pas ? Tu m'accompagneras — et pas de bruit, hein ! »

Puis, se tournant vers Annie, elle ajouta : « Toi, recouche-toi et attends-nous ! Nous allons essayer de voir ce qui se passe et nous te raconterons tout au retour.

— Oh ! non ! supplia Annie. Non ! je ne pourrai jamais rester ici toute seule. J'aime mieux venir, je n'aurai pas peur avec Dago. Mais pourquoi n'a-t-il pas aboyé quand cette lumière s'est allumée ?

— Il a dû penser que c'était toi », fit Claude.

Et Annie, rassurée par cette explication, approuva d'un hochement de tête.

Les deux filles s'avancèrent en direction de la chaumière, Annie tenant Claude par le bras, et Dago suivant celle-ci, collé à ses talons. Il savait qu'il ne devait pas s'élancer tant qu'il n'en aurait pas reçu l'ordre ; aussi, les oreilles dressées, marchait-il lentement, tous ses sens aux aguets.

Quand le trio arriva en vue de la chaumière, il s'immobilisa, et chacun se livra à un examen attentif, sans rien découvrir d'anormal. Les pans de murs écroulés étaient très visibles sur le ciel noir, mais aucune lumière n'y brillait plus, aucun son n'en sortait. Les filles s'approchèrent encore de quelques pas et attendirent cinq bonnes minutes dans l'immobilité la plus complète. Rien ne se produisit, sauf qu'à la longue Dago, lassé par ce jeu sans intérêt, se détourna de l'objectif et, s'asseyant, se mit à gratter bruyamment sa collerette de carton.

« Il n'y a personne là-dedans, souffla Claude à l'oreille d'Annie. Ou bien ceux qui y étaient sont partis, ou bien tu as rêvé tout ce que tu m'as raconté.

— Je n'ai pas rêvé ! s'exclama Annie, indignée. Attendons encore un peu ou envoyons Dagobert en exploration. S'il trouve quelqu'un dans ces ruines, il aboiera...

— Va, Dago ! » fit Claude en montrant à son chien la mystérieuse bâtisse.

« Va ! cherche ! »

Dago ne se le fit pas dire deux fois. Il bondit dans la direction indiquée et disparut, happé par l'ombre. Les deux filles ne le virent même pas entrer dans la chaumière, et demeurèrent le cœur battant, les yeux écarquillés. Elles n'étaient guère rassurées, mais le silence se prolongeant, à peine troublé de loin en loin par une pierre roulant sous les pattes de Dagobert, Claude retrouva son audace habituelle.

« Tu as rêvé, répéta-t-elle. Il n'y a personne !

— Je t'assure qu'il y avait quelqu'un, et même plus d'une personne puisque j'ai entendu parler. »

Claude éleva la voix : « Dago ! » appela-t-elle,

si fort que sa cousine en sursauta. « Reviens, Dag ! »

Un instant plus tard le chien fidèle, de retour, se frottait aux jambes de sa maîtresse. Puis il bâilla. Claude se mit à rire. « Mon pauvre vieux, lui dit-elle en lui caressant l'échine, on t'empêche de dormir pour rien. Annie a eu un cauchemar, c'est tout. Il ne faut pas lui en vouloir ! Retournons nous coucher ! »

Annie ne répondit pas. Elle était vexée, très vexée, et dès qu'elle eut regagné le matelas de bruyère, elle s'allongea, tournant ostensiblement le dos à sa cousine, et s'endormit sans proférer une parole. Que Claude pense ce qu'elle voulait, après tout ! Il n'y avait jamais moyen de discuter avec elle quand elle s'était fait une opinion.

Cependant, quand Annie s'éveilla le lendemain matin et que, dans la pleine clarté du jour, elle évoqua les événements de la nuit, un sentiment de gêne la gagna. Était-elle bien sûre de n'avoir pas rêvé ? Ces lumières et ces bruits de voix n'étaient-ils pas le seul fruit de son imagination ? S'il y avait eu quelqu'un, Dagobert l'aurait sûrement débusqué de la chaumière... et n'aurait pas été aussi calme. Et puis pourquoi y aurait-il eu quelqu'un ? Que serait-on venu faire là, en pleine nuit ?

À sa grande surprise, quand Claude entreprit de taquiner sa cousine sur ses « divagations nocturnes », celle-ci ne montra plus la moindre mauvaise humeur.

« Elle reconnaît s'être trompée, pensa Claude,

44

cela peut arriver à tout le monde. N'insistons pas ! » Et pour occuper cette nouvelle journée, elle proposa d'aller visiter le camp de leur jeune voisin.

« Je ne vois pas trop ce que nous pourrions faire d'autre ! riposta Annie.

— Moi non plus, je voudrais bien que l'oreille de Dagobert guérisse vite. Les distractions sont rares dans ce coin perdu... et s'il nous faut rester ici plusieurs jours encore, nous ne nous amuserons guère ! Ah ! quel malheur que François et Mick...

— C'est exactement ce que je me disais, fit Annie en poussant un long soupir. Mais il vaut mieux n'y plus penser puisqu'ils ne viendront pas. »

Un instant plus tard, pourtant, elle ajoutait avec un nouveau soupir :

« S'ils étaient avec nous, je suis sûre que ce garçon nous aurait demandé de l'aider dans ses fouilles... Nous aurions peut-être trouvé un trésor !... »

Grâce à l'écho des petits martèlements métalliques qui se faisaient entendre ce matin-là avec une remarquable régularité, l'emplacement de l'ancien camp romain ne devait pas être difficile à trouver. Radar, surgissant hors d'un roncier, vint prouver aux promeneuses qu'elles étaient sur la bonne route. Sa longue queue frétillait à la vue de l'ami Dago et les deux chiens se firent fête.

Le terrain de fouilles se dévoila brusquement au creux d'un petit vallon. Ce n'était pas un beau spectacle ! Le sol avait été retourné presque partout, parfois très profondément. Il semblait impossible qu'un jeune garçon, tout seul, ait pu remuer autant de terre.

« Où est-il ? » se demandait Claude, n'apercevant personne. À ce même moment elle le découvrit, au fond d'une tranchée, juste sous ses pieds. Il examinait un objet boueux qu'il venait d'arracher au sol, mais, voyant les deux filles, il le laissa aussitôt retomber et bondit hors de la tranchée.

« Que faites-vous ici ? s'écria-t-il d'une voix vibrante de colère. Vous m'aviez promis de ne pas venir ! Ah ! voilà bien les filles ! Curieuses, fureteuses et incapables de tenir une promesse !

— C'est un comble ! s'exclama Claude éberluée. C'est toi qui commences par ne pas tenir la tienne et tu nous accuses d'être curieuses ! Que faisais-tu donc hier soir dans notre camp ?

— Hier soir ? Je n'ai pas mis les pieds dans votre camp ! Je n'ai qu'une parole, moi ! Allez ! ouste ! Déguerpissez ! Vous n'avez rien à faire ici !

— Parfaitement exact ! affirma Claude, écœurée par cet excès de mauvaise foi. Nous ne voulons rien avoir à faire avec un garçon aussi stupide ni avec ses idiotes de fouilles. Adieu !

— Adieu et bon débarras ! lança le garçon en sautant dans sa tranchée.

— Il est sûrement fou, murmura Annie. Tout ce qu'il dit est incohérent.

— Bah ! fit Claude. Ne nous occupons pas de lui. »

Son ton était léger et insouciant, mais elle était profondément déçue. Le garçon lui avait paru si sympathique à leur première rencontre !

Le regard à terre, elle suivait sans la voir une petite sente, probablement tracée par le passage des lapins, et à eux seuls destinée. La sente conduisait à un petit bouquet de chênes. En y arrivant, Claude sursauta et s'arrêta. Sa cousine, aussi surprise, l'imita : au pied de l'un des arbres, quelqu'un était assis et lisait. En les entendant approcher, ce quelqu'un releva la tête : c'était le garçon, encore. Comment était-il déjà là ? Elles l'avaient laissé dans la tranchée boueuse, et elles le retrouvaient paisiblement installé, lisant un livre dont le titre savant incluait le mot « archéologie » !

« Encore une de tes farces ? fit Claude, sarcastique.

— Oh ! ces filles, toujours ! grogna le garçon. Ne pouvez-vous me laisser tranquille ? Avez-vous des démangeaisons de la langue ?

— Non, assura Claude. Mais toi, tu as de bonnes jambes, c'est sûr ! Comment es-tu venu si vite ?

— Je ne suis pas venu vite du tout..., je suis venu très lentement au contraire, en lisant tout au long du chemin.

— Menteur...

— Oh ! assez ! Vous me traitez de menteur chaque fois que vous me voyez, et vous ne cessez de mentir vous-mêmes. Taisez-vous, allez-vous-en, et que je ne vous revoie plus !

— Cette fois, nous sommes d'accord ! » rétorqua Claude en pivotant sur ses talons. « Je ne souhaite rien autant que de ne plus te voir ! » Et elle s'éloigna, suivie d'une Annie de plus en plus perplexe.

« J'ai déjà vu des garçons bizarres, murmura celle-ci après un instant de réflexion, mais à ce point-là, jamais ! Dis, Claude, ne crois-tu pas que c'est lui que j'ai entendu cette nuit dans la chaumière ?

— Je ne le crois pas, parce que je suis sûre que c'est toi qui as rêvé. Mais il faut reconnaître qu'il est assez hurluberlu pour faire n'importe quelle absurdité, comme de se promener la nuit dans des ruines... Oh ! regarde, Annie ! n'est-ce pas un étang que j'aperçois là-bas ? »

C'était un étang en effet, et fort séduisant avec son eau claire et ses roseaux que survolaient des libellules.

Grâce à lui, les deux filles ne s'ennuyèrent pas trop ce jour-là. Elles passèrent une bonne partie de l'après-midi à se baigner, se sécher au soleil et retourner à l'eau. Puis elles décidèrent de se rendre à la villa des Mouettes, pour renouveler leur stock de provisions.

Mme Dorsel fut tout étonnée de les voir surgir avec le chien, et les félicita en riant de leur bon appétit.

« Allez à la cuisine, leur dit-elle. Maria vous donnera ce dont vous avez besoin. Mais auparavant, lisez cette lettre. Elle vous fera plaisir, j'en suis sûre !

— C'est François qui écrit ! s'exclama Annie, reconnaissant l'écriture de son frère. Il revient ?

« — Oui ! avec Mick. Ils seront là dans un jour ou deux.

— Oh ! quelle chance ! s'écria Claude, tu leur diras de venir nous rejoindre, n'est-ce pas, maman ?

— Je pensais que vous reviendriez les attendre ici, suggéra Mme Dorsel.

— Oh ! c'est impossible ! L'oreille de Dagobert n'est pas encore guérie. Mais ils seront heureux de camper, eux aussi. Cela ne t'ennuie pas, maman ?

— Pas du tout, ma chérie. Je serai contente de savoir les garçons avec vous ; ils vous aideront à rapporter votre matériel. Combien de temps faut-il pour que cette pauvre oreille soit cicatrisée ? »

Mais Claude ne répondit pas. Pour une fois elle ne s'intéressait pas à l'oreille de son chien. Elle lisait la lettre de ses cousins et ne songeait qu'à la joie de les voir arriver.

Chapitre 6

Orage nocturne

Finalement les deux filles restèrent dîner à la villa des Mouettes. La cuisine de Maria était — il fallait le reconnaître — bien supérieure à celle qu'elles préparaient au camp.

« Personne ne s'est moqué de la collerette de Dagobert, fit remarquer Annie en sortant de table, même pas oncle Henri !

— Oh ! maman lui a sûrement fait la leçon ! répliqua Claude. Mais pourquoi dis-tu cela ? Tu n'as pas grande envie de retourner camper près de la chaumière, n'est-ce pas ?

— Euh ! si ! Seulement, je me disais que nous aurions pu passer la nuit ici, et nous remettre en route demain matin.

— Reste si tu veux ! Moi, j'ai dit que je repartais et je repars. Je ne crains ni les mauvais rêves ni les hallucinations. »

Annie rougit. Elle voyait bien que sa cousine se moquait d'elle, et elle avait honte de se montrer si pusillanime. Pourtant elle ne pouvait se défendre d'une certaine appréhension à l'idée de retourner dormir en plein vent, si près des ruines. Comme elle enviait le courage de Claude, que rien n'effrayait jamais !

« Si tu es décidée à aller là-bas ce soir, dit-elle enfin, je t'accompagne. »

Claude sembla trouver sa décision toute naturelle.

« Alors, en route, dit-elle simplement, la nuit vient déjà. »

Les préparatifs achevés et les adieux vite expédiés, les deux filles s'en furent à travers la lande, déserte et silencieuse dans le soir tombant.

Plus elle avançait, plus il semblait à Annie que son rêve de la nuit précédente n'avait pas été un rêve, mais une inquiétante réalité qui la menaçait encore. Son appréhension devint bientôt si forte qu'elle ne put s'empêcher de la communiquer à sa cousine.

« Tu es stupide ! lui dit celle-ci. Tu as reconnu toi-même ce matin que c'était un rêve, tu ne peux pas être d'un avis le jour, et d'un autre la nuit ! D'ailleurs, que risquons-nous ? Dagobert saura bien nous défendre... N'est-ce pas, Dago ? »

Mais Dago ne répondit pas. Il était loin en

avant, courant après les lapins dans le fol espoir
de parvenir, une fois dans sa vie, à en attraper
un. Ils étaient si nombreux à cette heure, à
émerger de leurs terriers ! Leurs oreilles poin-
taient de-ci, de-là, au-dessus de la végétation
rase, semblant lui faire signe d'un côté et le narguer de l'autre. Le pauvre chien ne savait plus
où donner de la tête et aboyait sourdement
lorsque, à son approche, les oreilles dressées se
couchaient, et que la bête en fuite ne lui mon-
trait plus qu'un postérieur blanc, vite disparu
dans un invisible repaire.

Le camp fut rejoint sans difficulté. La petite
tente était toujours là, et, auprès, le grand matelas de bruyère sous sa couverture.

Les deux cousines déposèrent leurs sacs sous
la tente avec un soupir de soulagement et
allèrent se désaltérer à la source.

« Nous nous couchons tout de suite ?
demanda Annie, étouffant mal un bâillement.

— Oh ! oui ! mais je voudrais, auparavant,
faire un tour jusqu'à la chaumière.

— Pourquoi ? Je n'ai aucune envie de la
revoir, moi ! Il fait presque nuit.

— Je ne te force pas à venir. J'irai seule avec
Dago. Attends-moi ici ou va te coucher. »

Annie préféra rester blottie près de la source.
Il lui semblait que l'édifice de pierres lui était
une protection, et elle s'accroupit à son ombre,
en se répétant : « Il n'y a personne, il n'y a
jamais eu personne ! »

Claude et son chien avaient disparu silencieusement. Quelques minutes s'écoulèrent. Puis

des aboiements féroces retentirent. Annie se sentit envahie par la peur. Il y avait quelqu'un ! Cette fois, le doute n'était plus possible ! Cependant, très vite, Dago cessa d'aboyer, et Annie se rassura un peu. Devait-elle courir au secours de sa cousine, ou attendre pour voir ce qui allait se passer ? Elle hésitait encore sur la conduite à tenir lorsque la lumière d'une torche électrique brilla, très proche. En même temps la voix de Claude criait joyeusement :

« Rien à signaler !

— Comment, rien ? Pourquoi Dago a-t-il aboyé ?

— Oh ! à cause d'une chauve-souris qui lui a frôlé le nez dans l'étable. Mais elle était bien la seule occupante des lieux. Nous avons tout visité, tu peux me croire ! »

Un poids s'enleva de la poitrine d'Annie. « Je suis complètement stupide, se répétait-elle encore un moment plus tard en se glissant sous la couverture. Il n'y a aucun danger, c'est mon imagination qui me joue des tours. Mais que fait donc Claude ? Pourquoi ne vient-elle pas se coucher ? »

Claude, pour la millième fois de la journée, regardait l'oreille de son chien.

« Cela va de mieux en mieux ! cria-t-elle joyeusement. Encore un jour ou deux, et je pourrai lui enlever cette collerette ridicule ! Comme tu seras content, mon pauvre Dago ! Ni François ni Mick ne sauront jamais à quel point tu as pu être malheureux !

— Il s'en moque bien ! marmonna Annie à

demi endormie. Viens vite te coucher, Claude, j'ai trop sommeil pour t'attendre une minute de plus.

— Je viens ! Oh ! tu n'as pas pris la seconde couverture ?

— Non ! il fait trop chaud, ce soir.

— Il faut la prendre ! À l'aube, tu auras froid ! »

Claude se glissa sous la tente. Quand elle en ressortit deux minutes plus tard, elle trouva Annie endormie et Dagobert allongé à côté d'elle sur le matelas de bruyère.

« Non ! Dago ! cria-t-elle. Non ! je t'ai déjà dit que ce n'était pas ton lit. Va-t'en ! Il y a juste assez de place pour moi ! »

Ses cris n'éveillèrent même pas Annie, et ce fut pour elle toute seule qu'elle énonça à haute voix : « Je me sens tout heureuse ! C'est parce que je sais que François et Mick seront bientôt ici... Je ne pouvais m'habituer à l'idée de passer les vacances sans eux !

— Ouah ! » approuva Dago poliment.

C'était bien gentil à lui de se mêler à la conversation, mais il n'était pas un interlocuteur suffisamment loquace pour discuter de ce qu'il conviendrait de faire quand les garçons seraient là. Claude se pelotonna dans la bruyère et chercha seule à dresser quelque merveilleux programme de réjouissances. Mais ses efforts furent de courte durée... La petite araignée qui vint peu après se promener sur sa main ne la tira pas du sommeil où elle venait de sombrer. Au milieu de la nuit, un promeneur solitaire s'approcha, et inspecta curieusement le lit improvisé dans la lande. Dagobert dressa une oreille. Mais ce n'était qu'un inoffensif hérisson. Le chien se rendormit, et ce fut le seul événement de cette nuit paisible.

La matinée du lendemain s'annonça tout aussi reposante. Il faisait un temps magnifique. Grâce aux provisions rapportées la veille des Mouettes, les filles s'offrirent un copieux petit déjeuner, puis elles cueillirent un nouveau chargement de bruyères, afin de rembourrer leur lit que ces deux nuits avaient bien tassé. Ensuite, ayant enfilé leurs maillots de bain, elles se dirigèrent gaiement vers l'étang.

Au moment où elles quittaient leur camp, elles aperçurent l'éternel garçon blond en promenade, Radar sur ses talons.

En voyant Dagobert, le petit chien abandonna aussitôt son maître, et celui-ci se retourna. Il vit les deux filles et leur cria :

« Ne vous inquiétez pas ! Je n'ai pas l'intention d'aller fouiner dans votre camp ! Je sais tenir une promesse, moi ! Viens, Radar ! »

Radar, à ce moment, acceptait de très bonne grâce les caresses de ses nouvelles amies. Avec son œil unique et sa queue frétillante, il était irrésistiblement comique, et les deux cousines regrettèrent de le voir partir si vite. Mais elles ne firent rien pour le retenir, bien décidées désormais à éviter tout rapport avec ce garçon trop fantasque.

Puisqu'il s'éloignait dans la direction opposée à la leur, elles n'avaient qu'à poursuivre leur chemin sans se soucier de lui. Et c'est bien ce qu'elles firent. Arrivées au bord de l'étang, elles s'arrêtèrent, déçues : un baigneur les y avait devancées.

« C'est curieux combien il peut y avoir de monde dans une lande déserte, soupira Annie. Nous ne pouvons pas faire trois pas sans rencontrer quelqu'un.

— Qui donc est celui-ci ? » questionna Claude, se protégeant les yeux du revers de la main. La tête qui émergeait de l'eau était à peine visible dans les reflets du soleil, mais Claude avait de bons yeux. Elle distingua des boucles rebelles sur un front tout bronzé et s'écria : « Mais c'est encore lui ! Annie ! regarde.

— Ce n'est pas possible ! Nous venons de le voir partir de l'autre côté ! »

Elles s'approchèrent de l'étang pour mieux voir et l'étonnant garçon leur cria : « J'ai fini de me baigner. Je vous laisse la place !

— Il n'aura pas été long, ton bain, répliqua Claude agacée.

— Dix bonnes minutes ! cela me suffit !

— Encore un de tes mensonges ! » cria Annie en même temps que Claude interrogeait : « Je voudrais bien savoir comment tu as fait pour arriver ici avant nous ? »

Le jeune garçon ne répondit aux deux phrases que par une seule, écrasante de mépris :

« Aussi folles qu'hier, à ce que je vois ! »

Il fit encore quelques brasses, puis il regagna la berge et reprit pied en tournant ostensiblement le dos aux deux filles. Prestement il ramassa sa serviette et, sans même prendre le temps de s'essuyer, s'éloigna en direction de son terrain de fouilles.

« Je n'ai jamais rien vu de pareil ! murmura Claude abasourdie.

— Et Radar ? Où est-il ? Qu'en a-t-il fait ?

— Ne nous occupons pas de lui, ni de son chien. Ils n'en valent pas la peine... Viens te baigner ! »

Le bain fut délicieux et le reste de la journée passa vite, sans amener aucune nouvelle rencontre. Des coups de marteau et de pioche résonnèrent presque sans arrêt dans l'ancien camp romain. « Ou de ce qu'il croit être un camp romain, dit Claude en ricanant. Tel que nous le connaissons, il est bien capable de confondre les détritus d'un camp de scouts avec les vestiges d'un camp romain... »

Quand vint l'heure du coucher, aucune étoile ne brilla dans le ciel. D'épais nuages les cachaient et aucun souffle de vent ne venait tempérer l'accablante chaleur.

« J'espère qu'il ne va pas pleuvoir ! fit Claude. La tente n'est guère étanche, et une grosse pluie la traverserait tout de suite.

— Bah ! on verra bien ! fit Annie, déjà étendue sur le matelas de bruyère. Pour l'instant il ne pleut pas. Profitons-en pour dormir. »

Quelques instants plus tard, elle avait exécuté son programme, et Claude l'imitait. Mais Dago ne s'endormit pas. Il percevait de lointains roulements de tonnerre, et se sentait inquiet. Bientôt une grosse goutte de pluie s'écrasa bruyamment sur sa collerette de carton et il se redressa en grognant. D'autres gouttes suivirent, piquetant le visage des dormeuses ; puis un coup de tonnerre retentit, les éveillant en sursaut.

« Ça y est ! s'écria Claude. Voilà l'orage ! Nous allons être trempées !

— Allons vite sous la tente, proposa Annie tandis qu'un éclair aveuglant déchirait l'obscurité.

— Inutile ! Il pleut trop fort. Le seul abri possible, c'est la chaumière. Il faut y aller, Annie. À défaut de toit, nous aurons au moins un plafond sur la tête. »

Annie n'avait aucune envie d'aller chercher refuge, en pleine nuit, dans la vieille chaumière, mais il n'y avait pas d'autre solution. Elle ramassa les couvertures et s'élança à la suite de Claude qui, sa lampe à la main et Dago sur ses talons, lui indiquait le chemin.

Si peu rassurante que fût la chaumière, elle offrait un abri contre la pluie, et c'était une bonne chose de ne plus se sentir fouettées par les gouttes d'eau froide. Blotties dans un coin sec, les deux cousines attendirent la fin de l'orage. Il fit beaucoup de bruit, déploya d'énormes zigzags lumineux, mais dura peu. Bientôt les étoiles réapparurent.

« Nous voilà obligées de finir la nuit ici, dit Claude. Notre lit doit être trempé et la tente aussi.

— Tant pis ! » fit Annie qui n'avait pas grande envie de ressortir dans la lande mouillée et obscure.

Enroulée dans sa couverture, le bras passé sous sa tête en guise d'oreiller, elle ferma les yeux et sombra dans le sommeil avant même que Claude fût installée à côté d'elle.

Des aboiements furieux la réveillèrent.

« Dago ! que se passe-t-il ? » cria Claude, arrachée au sommeil, et ne comprenant pas pourquoi son chien aboyait si fort.

Des deux mains, elle se cramponna au collier de cuir de Dagobert. En même temps elle lui parlait d'une voix où vibrait un accent d'angoisse :

« Dago ! Dago ! Non, ne t'en va pas ! ne me quitte pas ! Dis-moi ce qui te fait peur... »

Étranges événements

Dago s'arrêta d'aboyer et chercha à échapper aux mains de Claude, mais elle ne le lâchait pas.

« Qu'est-ce que c'est ? souffla Annie d'une voix tremblante.

— Je ne sais pas. Peut-être rien du tout, Dago est toujours nerveux quand il y a de l'orage. Attendons un moment, nous verrons bien. »

Claude ne s'effrayait pas facilement, mais ce violent orage, ce campement dans des ruines et les aboiements de Dagobert n'avaient rien de rassurant. Elle préférait sentir le chien auprès d'elle et ne lâcha pas son collier.

Un lointain grondement de tonnerre se fit

entendre. L'orage revenait ou un autre lui succédait. Claude se sentit soulagée.

« Ce n'est rien, Annie, dit-elle, rien que l'orage qui énerve Dago. Tiens, le voilà qui aboie encore. Assez, Dago ! On dirait que ça t'amuse de nous faire peur ! »

De nouveaux coups de tonnerre éclatèrent, très proches. Dago s'agitait de plus en plus, tirant de toutes ses forces sur son collier.

« Non ! je ne veux pas que tu sortes, lui cria Claude. Après tu reviendras tout mouillé te coucher sur moi. Je te connais, va !

— Quel orage ! murmurait Annie de son côté. J'espère que cette masure y résistera.

— Bah ! elle en a vu bien d'autres. Où vas-tu, Annie ?

— Jeter un coup d'œil par la fenêtre ! » riposta la pauvre fille qui ne savait plus où se mettre. « J'aime voir le paysage surgir à la lueur des éclairs et disparaître aussitôt. »

Comme si le ciel n'avait d'autre souci que de la satisfaire, un éclair traversa le ciel au moment où elle atteignait la fenêtre. Pendant une fraction de seconde la lande se révéla, illuminée d'une lueur verdâtre. Annie poussa un cri de terreur et se précipita vers sa cousine.

« Claude ! haletait-elle. Claude !

— Eh bien, quoi ? Qu'y a-t-il ?

— Il y a des gens..., bafouilla Annie en s'accrochant aux épaules de Claude. Plusieurs personnes là... dehors...

— C'est impossible ! Qui serait là en pleine nuit ?

— Je ne sais pas ! Je n'ai pas eu le temps de voir. Mais j'ai aperçu deux silhouettes... peut-être trois... j'en suis sûre. Là, en face. Pas loin du tout !

— Ce sont des arbres, Annie ! Je les ai remarqués tout à l'heure. Des petits arbres rabougris qui se découpent sur le ciel. Tu les as pris pour des gens !

— Non ! Ce n'étaient pas des arbres ! »

Claude avait bien du mal à rassurer sa cousine. Elle était persuadée qu'elle s'était trompée, mais comment le lui faire admettre ?

« C'est un genre d'erreur qu'on commet très souvent, disait-elle. La lumière des éclairs est trompeuse, tu sais, et on n'a pas le temps de voir. S'il y avait quelqu'un, Dagobert aurait aboyé...

— Mais il a aboyé !

— Pas pour cela ! Allons, viens regarder avec moi. Tu verras bien qu'il n'y a personne ! »

Blotties derrière la vitre, les deux cousines attendirent un nouvel éclair, qui ne tarda pas. Cette fois, toutes deux poussèrent en même temps un cri d'effroi, tandis que le chien redoublait d'efforts pour se libérer et aboyait comme un forcené.

« Là ! tu as vu ? murmura Annie.

— Oui ! j'ai vu ! Tu as raison. Quelqu'un était de l'autre côté de la fenêtre et nous regardait. Qui est-ce ? Et que diable peut-il faire ici au milieu de la nuit ?

— Ils étaient deux ou trois, je te dis. Ils ont aperçu la chaumière et sont venus voir si elle pouvait les abriter...

« — Pourquoi n'entrent-ils pas alors ?

— Ils ont eu peur de Dago, j'espère !

— Mais que peuvent-ils faire tous dehors en pleine nuit ? Rien de bon, c'est sûr ! Oh ! quel dommage que tes frères ne soient pas là !

— Oui, nous n'aurions pas dû venir sans eux. Nous rentrerons aux Mouettes demain, dis, Claude !

— Demain ? Tu veux dire aujourd'hui ! Il est près de trois heures du matin...

— Si c'est aujourd'hui, tant mieux ! Allons-nous-en !

— Nous ne pouvons pas partir avant le jour ! »

Dans la chaumière sans porte, il aurait été facile d'entrer, mais personne n'entra. Sans doute les inconnus étaient-ils repartis, aussi silencieusement qu'ils étaient arrivés.

L'orage s'était éloigné, et Dago, complètement calmé, somnolait sur le tas de couvertures, indifférent aux angoisses des deux filles. Claude se rassurait à le voir aussi paisible, mais ni elle ni sa cousine n'avaient envie de dormir. Pour passer le temps, elles jouèrent à des petits jeux et les heures glissèrent plus vite qu'elles ne l'auraient cru. Tout à coup l'aurore fut là, coulant sa lueur rosée à travers la porte béante et les encadrements des fenêtres. Bientôt le soleil se montrerait, et cette perspective était si réconfortante que les terreurs de la nuit en parurent presque ridicules.

Claude se leva et alla regarder par la fenêtre. Tout était calme et désert. Aucune ombre suspecte ne se dressait plus entre les touffes de bruyères et d'ajoncs.

« Nous avons été stupides, marmotta Claude. Nous avons pris peur pour rien ; je n'ai plus envie de rentrer à la maison. Tout le monde se moquerait de nous...

— Cela m'est bien égal ! s'insurgea Annie. Je ne resterai pas une nuit de plus ici ! Non ! Rien à faire ! Si les garçons étaient là, je ne dis pas, mais qui sait quand ils arriveront ?

— Bien ! bien ! Mais par pitié, tu diras à tes frères que c'est toi qui as voulu rentrer. Pas moi !

— Je le leur dirai ! Compte sur moi, mais promets-moi de rentrer et laisse-moi dormir un peu ! Je tombe de sommeil !

— Moi aussi, avoua Claude. Nous avons tout le temps de nous reposer avant qu'il soit une heure décente pour sortir dans la campagne ! »

Les deux cousines reprirent possession des couvertures après en avoir chassé Dago, et sombrèrent dans un profond sommeil. Elles auraient peut-être dormi jusqu'au soir si un bruit ne les avait réveillées, bruit de petits pas pressés tournoyant autour d'elles.

« Oh ! s'écria Annie en ouvrant les yeux. C'est Radar qui vient nous dire bonjour. Qu'il est amusant ! »

Radar, se voyant agréé, se coucha sur le dos pour se faire caresser, et aussitôt Dagobert lui sauta dessus, avec la mine de vouloir le dévorer tout cru.

Une voix s'éleva du dehors, puis le garçon

parut dans l'encadrement. Il avait son sourire des meilleurs jours.

« Alors, les paresseuses ! dit-il. On dort encore ! Je sais que j'avais promis de ne pas venir, mais je voulais savoir comment vous aviez passé la nuit... Pas eu peur de l'orage, non ?

— C'est gentil à toi d'être venu, fit Annie en se levant et brossant sommairement sa jupe. Nous allons bien, mais la nuit a été mouvementée. Nous... »

Un coup de coude vint lui couper la parole. Claude ne voulait pas qu'elle parle des visiteurs nocturnes. Pourquoi ? Pensait-elle qu'ils avaient un rapport quelconque avec le garçon fou ? Annie n'insista pas et laissa sa cousine diriger la conversation.

« Quel bel orage ! disait-elle. Comment t'en es-tu tiré ?

— Oh ! moi ! je n'avais rien à craindre. Il y a des amorces de souterrains partout dans le camp. J'étais à l'abri là-dedans comme un lapin dans son terrier. Puisque vous n'en avez pas souffert non plus, tout va bien ! Viens, Radar ! On s'en va !

— Merci d'être venu ! » lança Claude, puis, dès que le visiteur eut disparu, elle se tourna vers sa cousine.

« Il a l'air tout à fait normal, ce matin, lui dit-elle. Il n'a même pas cherché à nous contredire ! S'il était toujours comme ça, souriant et poli par-dessus le marché, je le trouverais sympathique.

— Crois-tu que cela durera ? » demanda

Annie qui partageait cette opinion, mais demeurait méfiante.

Elle avait raison de l'être.

Un quart d'heure plus tard, les cousines, ayant rejoint leur camp, se confectionnaient de larges tartines de confiture pour réparer leurs forces, quand elles entendirent quelqu'un approcher en sifflotant.

« C'est encore lui », fit Annie, et c'était le garçon en effet.

« Bonjour, dit-il, je ne viens pas vous déranger. Je voulais seulement savoir comment vous aviez passé la nuit. Quel orage, hein ? »

Les deux filles le regardaient, si ahuries qu'elles ne trouvaient plus rien à dire. Enfin Claude s'écria :

« Oh ! je t'en prie ! ne recommence pas à faire l'imbécile ! Tu sais comment nous allons. Nous venons de te le dire !

— Vous ne m'avez rien dit du tout ! Je venais par politesse, mais si c'est pour être reçu avec des injures, je m'en vais. Au revoir, les folles ! »

Et il s'en alla.

« C'est vraiment trop bête ! s'écria Annie. Il ne peut pourtant pas être aussi idiot qu'il s'amuse à nous le faire croire. Quel plaisir prend-il à ce jeu ?

— Il le croit peut-être spirituel, fit Claude, vexée de s'être trompée dans son jugement. D'ailleurs, ça n'a plus d'importance puisque tu veux partir ! Dès que la tente sera sèche, nous la démonterons, et adieu l'idiot ! »

À midi, les sacs à dos bourrés étaient fixés sur

la bicyclette. Claude, mécontente de ce qu'elle appelait une désertion, commençait à arracher les piquets de la tente, lorsque Dagobert se mit à faire le fou. Il aboyait frénétiquement, agitait la queue en tous sens, bondissait de droite à gauche et soudain, il fila comme un dard en direction du chemin.

Un instant, Claude ne comprit pas ce qui lui arrivait. Puis elle poussa un cri. Un bruit de voix masculines s'élevait du chemin, un timbre de bicyclette retentit.

« Non, ce n'est pas... s'écria-t-elle, ce ne peut pas être François et Mick ! »

Elle s'élança comme une folle à la suite du chien, et Annie les imita. Des hurlements de joie s'élevèrent.

C'étaient bien François et Mick. Des sacs sur le dos, des colis sur les bicyclettes et des sourires qui leur fendaient le visage ! Hourra !

Le Club des Cinq se retrouvait au complet. Enfin !

Chapitre 8

Le Club des Cinq
enfin réuni

L'arrivée des garçons déclencha une telle effervescence que, tout d'abord, personne ne parvenait à se faire entendre. Dago aboyait et rien ne pouvait l'arrêter, Claude hurlait, François et Mick riaient, Annie leur sautait au cou, fière de retrouver des frères si bien bronzés et de si belle allure.

« Quelle chance de vous revoir ! criait Claude, incapable de maîtriser son allégresse. Nous n'espérions vraiment pas vous revoir avant plusieurs jours !

— La cuisine espagnole en est la cause, affirma Mick, avec une grimace comique. Elle n'a pas du tout réussi à François... Et puis il faisait trop chaud !

— Je crois aussi que nous pensions beaucoup trop à Kernach, aux Mouettes, à la lande, à la plage, à Dagobert. Peut-être même à deux filles qui devaient trouver le temps long, ajouta François en donnant une bourrade amicale à Claude. Nous avons plié bagage plus tôt que prévu.

— Et quand êtes-vous arrivés ?

— Hier soir ! Nous avons passé la nuit à la maison avec papa et maman, et, ce matin, nous avons pris le premier train pour Kernach et couru jusqu'aux Mouettes pour apprendre que vous n'y étiez pas !

— Heureusement, poursuivit Mick, tante Cécile avait idée de l'endroit où nous avions des chances de vous retrouver. Nous avons aussitôt ramassé notre matériel, et nous voici... Oh ! Claude, tu ne pourrais pas faire taire ton chien ? J'ai peur de devenir sourd.

— Silence, Dag ! ordonna Claude. Laisse les autres aboyer un peu. As-tu vu sa collerette, François ?

— Difficile de ne pas la voir ! s'exclama François. Oncle Henri nous en avait parlé ; j'avais cru qu'il exagérait, mais je me trompais ! Mon pauvre Dago ! Tu es encore plus grotesque qu'on ne le dit ! » Mick, de son côté, regardait le chien d'un air soucieux, et, du ton d'un praticien qui énonce son diagnostic, il déclara gravement :

« Pauvre bête ! il a une tête à faire rire les chats ! »

Annie jeta un coup d'œil sur sa cousine. Dans quel état allait-elle se mettre en entendant François et Mick se moquer si impitoyablement du pauvre Dagobert ? Mais, loin de se fâcher, Claude se contenta de sourire.

« C'est vrai qu'il a l'air ridicule, dit-elle, mais, lui, ça ne le gêne pas. »

Heureuse de constater ces dispositions pacifiques, Annie entra dans la voie des révélations.

« Vous savez, commença-t-elle, que nous sommes venues camper ici parce que Claude... ».

Elle n'alla pas plus loin. Un regard suppliant de sa cousine venait de la réduire au silence.

Si Claude avait accepté les plaisanteries des arrivants, c'est qu'elle tenait à leur estime plus qu'à toute autre chose au monde. Elle se vantait d'être capable elle-même de se conduire en garçon, et un brusque pressentiment l'avertissait que ses cousins la traiteraient de « fille » s'ils apprenaient tous les chichis qu'elle avait faits au sujet de l'oreille de son chien.

François parut ne rien comprendre à ce petit drame. Il admirait le lieu du camp et remarqua soudain :

« On dirait que vous vous prépariez à partir... que se passe-t-il ?

— Oui, nous allions partir, fit Claude. Nous nous sentions un peu isolées, et Annie... »

Ce fut au tour d'Annie de lancer à sa cousine un regard suppliant. « Je ne t'ai pas trahie, disait ce regard. Ne me trahis pas non plus. Ne dis pas que j'ai eu peur. »

« Euh ! reprit Claude, Annie et moi, nous avons remarqué des choses bizarres. Nous ne nous sentions pas de taille à les affronter toutes seules. Mais puisque vous êtes là, la question ne se pose plus !

— Quelles choses bizarres ? questionna Mick.

— Eh bien, voilà : cela a commencé...

— Oh ! fit François, s'il y a une histoire à raconter, ne vaudrait-il pas mieux la savourer en même temps que le déjeuner ? Nous n'avons rien mangé depuis six heures du matin, Mick et moi.

— Cela paraît invraisemblable, mais c'est l'exacte vérité », affirma Mick en s'empressant de déficeler les colis attachés à sa bicyclette. « Et j'ai si faim que je me sens capable de manger sans l'aide de personne toutes les provisions que j'apporte.

— Oh ! tu en as apporté ! Quelle bonne idée ! s'écria Claude. Nous n'avions plus grand-chose.

— C'est ta mère qu'il faut féliciter, pas moi ! répliqua Mick en exhibant un jambon de belle taille. Elle a été si heureuse à l'idée d'être débarrassée de nous qu'elle s'est surpassée ! Avec ce jambon, elle est sûre de ne pas nous revoir d'ici longtemps ! Ah ! non, Dago, ce n'est pas pour toi ! Grrrr ! »

Claude, réconfortée par la présence de ses cousins, aurait voulu chanter à tue-tête. Annie, moins exubérante, souriait malgré elle.

Le soleil reparu avait complètement séché la lande, et il ne fallut guère de temps aux cinq

71

membres du Club pour se retrouver assis en rond sur la bruyère autour d'un alléchant repas.

« Si nous ne voulons pas que Dago mange tout le jambon, il faut le servir en premier, dit Mick. Où est la viande que nous avons apportée pour lui ?

— Ici, riposta son frère. Hum ! Elle sent fort. Tu serais bien gentil, mon cher Dago, d'aller la déguster dans un coin retiré... »

Immédiatement Dago s'assit tout contre François.

« Ne fais pas exprès de désobéir ! lui dit François en le repoussant doucement.

— Il ne désobéit pas, s'écria Claude, pouffant de rire. Il ne sait pas ce que veut dire "déguster" et "coin retiré", voilà tout ! Dag, va-t'en ! »

Ce vocabulaire-là, Dagobert le comprenait fort bien. Il s'éloigna, emportant son morceau de viande, et les autres convives purent entamer le jambon.

« Oh ! s'écria Annie à la troisième bouchée, ce jour ressemble bien peu à cette nuit...

— Tu parles comme La Palice », dit Mick en ricanant, la bouche pleine. François, plus compréhensif, se tourna vers sa petite sœur :

« Eh bien, vas-y ! dit-il. C'est le moment de nous raconter ton histoire ! »

L'histoire dura longtemps, comme on peut s'en douter, mais avant la fin du repas les garçons avaient compris tout ce qu'il y avait à comprendre dans l'aventure des deux cousines.

« Intéressant ! conclut Mick en crachant un noyau de prune. Une chaumière en ruine, un chien borgne, un garçon fou, des promeneurs nocturnes, des vestiges romains et des visages derrière les fenêtres en pleine nuit d'orage... Voilà de quoi nous distraire un moment si nous voulons dénouer tout cet imbroglio.

— Ce qui m'étonne, c'est que vous n'ayez pas plié bagage plus tôt, toutes les deux ! remarqua François. Je ne vous aurais jamais crues capables d'être aussi braves en notre absence ! »

Claude lança un coup d'œil en coin à sa cousine, qui rougit très fort.

« Claude ne voulait pas partir, dit celle-ci. Pour moi, je ne serais pas restée une nuit de plus si vous n'étiez pas arrivés.

— Dans les conditions que vous décrivez, il n'est pas sûr que nous restions. Qu'en penses-tu, Mick ? Avons-nous peur ou n'avons-nous pas peur ? »

Tout le monde se mit à rire.

« Eh bien, si vous partez, dit Annie, je resterai seule. Pour vous faire honte !

— Brave vieille Annie ! fit Mick. Nous resterons ensemble, bien sûr ! Tout cela n'est peut-être rien, mais peut-être y a-t-il quelque chose. Quoi qu'il en soit, nous ne partirons pas sans savoir.

— La première chose à faire, c'est d'aller

regarder de près les fouilles romaines ! déclara François.

— Non, dit Claude. C'est la seconde. Il faut d'abord ranger les provisions !

— Si tu le prends comme ça, c'est la troisième. La première, c'est de remettre en place tout ce que tu as déjà chargé sur ta bicyclette. Pendant ce temps, Mick et moi, nous déballerons nos affaires !

— Et où les mettrons-nous ? demanda Mick. Nous n'avons pas de tente.

— Il ne me paraît pas prudent de laisser le jambon sous celle de Claude ! remarqua François. Elle n'est pas étanche, et, de plus, il y a un fou en liberté et un chien borgne dans les parages !

— Oh ! on ne peut pas davantage le laisser en plein soleil, au milieu des ajoncs ! se récria Annie.

— Et si nous installions nos pénates dans la chaumière en ruine ? suggéra François.

— Cela vaudrait mieux que d'avoir tout à transporter en pleine nuit sous la pluie, affirma Claude.

— Pas d'opposition ? Alors en route. Nous élisons domicile dans la chaumière hantée ! Ce que ça va être drôle ! »

Il fallut une petite heure pour s'installer convenablement dans les ruines ; mais on parvint à un résultat satisfaisant. Claude déposa les vivres sur les planches subsistant en haut d'un placard défoncé, où Radar n'irait pas les chercher. Elle se méfiait de lui, malgré ses allures amicales et son œil unique.

Quand tout fut en place, François s'écria :

« Et maintenant, Club des Cinq, en avant ! Sus aux fouilles du fou ! »

Chapitre 9

Début d'enquête

Les Cinq étaient encore loin du camp romain lorsqu'ils aperçurent le jeune garçon assis dans l'ombre d'un buisson, un livre sur ses genoux.

« C'est lui ! murmura Claude à ses cousins. C'est le fou ! Regardez-le.

— À première vue, remarqua François, il paraît tout à fait normal, très absorbé dans sa lecture, et bien décidé à ne pas s'occuper de nous.

— Je vais lui parler, et tu verras ! » dit Claude avec un petit sourire ironique. Elle fit encore quelques pas, puis, s'adressant au jeune lecteur :

« Re-bonjour, dit-elle. Où est Radar ? »

Le garçon releva la tête, visiblement contrarié.

76

« Comment connaissez-vous Radar ? demanda-t-il.

— Il était avec toi ce matin », répliqua Claude en soulignant d'un clin d'œil destiné à ses cousins l'absurdité de cette réponse.

Le jeune garçon ne le remarqua pas. Il s'entêta dans ses dénégations.

« J'étais seul, ce matin, affirma-t-il. D'ailleurs Radar n'est jamais avec moi ! » Puis d'un air grognon, il ajouta : « Laissez-moi tranquille », et repiqua du nez dans son livre.

Les Cinq s'en allèrent.

« Et voilà, fit remarquer Claude, c'est toujours comme ça ! Ce matin il est venu à la chaumière avec Radar, maintenant il prétend que le chien n'est jamais avec lui. Il ne sait pas ce qu'il dit.

— Ou il est simplement grossier, observa François. En tout cas, il ne paraît pas présenter le moindre intérêt. Ce qui ne veut pas dire que ses fouilles n'en ont pas. Si nous allions y jeter un coup d'œil pendant qu'il est plongé dans son bouquin ?

— Elles ne m'ont pas paru plus intéressantes que lui, fit Claude, mais allons-y, si tu veux, Dago ! Où est-il encore ? Dago ? »

Il fallut attendre Dago, parti dans une de ses chimériques chasses au lapin et si occupé de ses propres affaires qu'il n'entendait pas les appels de Claude. Puis l'on repartit en direction du camp romain.

Un gai sifflotement et les habituels coups de pic sur les cailloux accueillirent de loin les visiteurs. Annie se pencha au bord d'une tranchée et faillit tomber dedans, tant fut grande sa surprise d'y découvrir le garçon qu'elle venait de quitter un instant plus tôt, sous l'arbre. À présent, pioche en main, il creusait soigneusement le terrain. En apercevant la fillette, il se redressa et écarta d'un revers de main les mèches qui lui tombaient dans les yeux.

Tous le regardèrent avec stupéfaction.

« Comment peux-tu être déjà ici ? questionna Claude. Aurais-tu des ailes, par hasard ?

— Il y a deux heures que je gratte la terre...

— Oh ! il ment encore ! » lança Annie excédée.

Mais le jeune archéologue le prit fort mal. Il devint très rouge et aurait peut-être insulté les deux filles si François n'avait habilement détourné la conversation.

« Ce doit être passionnant de faire des fouilles, dit-il d'un ton convaincu. Ce terrain t'appartient ? »

Le garçon s'apaisa quelque peu, mais garda un air bougon pour répondre :

« Bien sûr que non ! C'est mon père qui a découvert l'endroit il y a quelques années et obtenu le droit d'y faire des fouilles. Mais il n'y a pas trouvé grand-chose, et m'a permis de m'y amuser cet été. »

L'intérêt que François portait à ses recherches paraissait si sincère qu'un moment plus tard le jeune garçon se déridait, se livrant plus qu'il ne l'avait jamais fait à l'égard de Claude et d'Annie. Il alla jusqu'à dire son nom : Guy Truchet.

« Serais-tu le fils du célèbre archéologue, Jean

Truchet ? » demanda François avec un étonnement admiratif. Sa surprise flatta le jeune Guy qui acheva de se dérider.

« Veux-tu voir ce que j'ai trouvé ? » questionna-t-il en conduisant François vers une planche posée en travers de la tranchée, sur laquelle s'alignaient une douzaine d'objets disparates, dont un pot cassé, des débris de céramique, quelque chose qui ressemblait à une vieille broche, et un morceau de pierre sculptée où se devinaient les restes d'un visage.

« Magnifique ! » s'exclama François, en examinant l'une après l'autre ces trouvailles.

Enhardies, ses cousines l'imitèrent et se passèrent de main en main ces vestiges d'un lointain passé.

« C'est passionnant, expliquait le jeune archéologue, les yeux brillant d'enthousiasme. On pioche pendant des heures, on remue de la terre sans rien trouver, et puis, quelque chose apparaît qui dormait là depuis des siècles. Même si ce n'est qu'un débris de poterie, on se dit que personne ne l'a vu ni touché depuis qu'un homme des légions de César l'a laissé tomber là... »

Sa passion était si profonde et si communicative que ses auditeurs se sentaient pris de l'envie de manier la pioche à leur tour.

Pendant ce temps, Mick, rebelle aux charmes de ces recherches, s'amusait à observer un jeune lapin. Après bien des allées et venues celui-ci s'était réfugié derrière une grande dalle de pierre, dressée perpendiculairement, et l'on voyait sa tête pointer, tantôt à droite, tantôt à gauche, comme pour narguer son poursuivant. Puis elle disparut définitivement.

Mick s'approcha à quatre pattes, sans bruit, et jeta un regard derrière la dalle. Un large trou lui apparut, bien trop grand pour être le terrier d'un si petit lapin.

Il prit sa lampe de poche et en projeta la lumière sur les parois. La cavité qu'il aperçut était assez large pour qu'un homme pût s'y glisser et assez profonde pour qu'on n'en vît pas l'extrémité. Cela ressemblait à l'entrée d'un souterrain s'enfonçant en pente raide dans la terre. Mick, très intrigué, alla aussitôt signaler cette découverte à ses amis. Mais Guy Truchet la connaissait déjà et n'y portait aucun intérêt.

« C'est une sorte de cave, dit-il, on l'a fouillée

sans rien y trouver d'intéressant. Mon père dit que c'était sans doute un abri pour préserver les vivres de la chaleur ou du froid, et qu'il est probablement postérieur au camp romain.

— Et là, qu'est-ce que c'est ? » questionna Claude, remarquant soudain des fragments de poterie posés sur une autre planche, au fond d'une tranchée plus éloignée. « Est-ce toi qui as trouvé cela ?

— Non ! Ce n'est pas moi ! répliqua Guy. N'y touche pas.

— Qui est-ce, alors ? » demanda Claude intriguée.

Ne recevant pas de réponse, elle se pencha vers un très joli pot de terre cuite, malheureusement ébréché, et le souleva pour mieux l'admirer.

« Laisse cela ! » hurla Guy, si brusquement et si brutalement que Claude faillit en lâcher le pot.

« Je t'ai dit de ne pas y toucher. Tu ne peux donc jamais faire ce qu'on te demande ?

— Doucement, intervint François. Tu as fait peur à ton petit chien ! Je crois que... nous ferions mieux de partir, n'est-ce pas ?

— Oui ! Je n'aime pas être dérangé quand je travaille et il y a toujours des gens pour venir vous ennuyer. Je ne dis pas cela pour toi...

— Des gens ? » questionna François, songeant aux visiteurs nocturnes signalés par les filles. « Quel genre de gens ?

— Oh ! des curieux, stupides et bavards, qui posent des questions ridicules et s'offrent pour m'aider. Ce qu'il peut y avoir de badauds dans une lande déserte, c'est à ne pas croire !

— Et cette nuit, as-tu eu des visiteurs ? questionna Claude.

— Je n'ai vu personne, mais Radar a aboyé comme un forcené. C'est peut-être l'orage, bien qu'en général les orages le laissent indifférent. »

Tout en parlant, Guy Truchet avait repris sa pioche et recommençait à creuser le sol. Malgré son affirmation polie, il était difficile de ne pas comprendre qu'il mettait les Cinq du Club au rang des importuns. Ceux-ci prirent rapidement congé et s'en allèrent.

« Rien de bien intéressant par ici, conclut François, et ce champ de fouilles est plutôt sinistre. Où poursuivons-nous notre enquête maintenant ?

— À la chaumière ! s'écria Mick.

— Nous avons déjà tout inspecté, Annie et moi, remarqua Claude avec une moue. Si nous allions nous baigner, ce serait plus amusant, vous ne pensez pas ?

— Ouah ! » approuva Dago, et tous étant de son avis, il leur fallut peu de temps pour se retrouver, vêtus de leurs maillots de bain, courant sur la bruyère en direction de l'étang.

« Tiens ! Guy est en train de se baigner ! » s'écria Mick, surpris.

Claude reconnut aussitôt la tête et les mèches blondes du jeune archéologue émergeant au-dessus de l'eau. Habituée à ses surprenantes volte-face, elle ne s'étonna pas de le voir là et lui cria de la berge :

82

« Hé ! Guy !... On se baigne ensemble ? »

Mais Guy sortait déjà de l'eau, par la berge opposée. Mick, croyant qu'il ne les avait pas entendus, cria plus fort encore :

« Guy ! Ne t'en va pas ! Nous venons prendre un bain avec toi ! »

Le garçon se retourna. Il avait son air le plus bourru.

« Laissez-moi tranquille, dit-il. Je n'ai pas envie de me baigner avec vous, et je ne m'appelle pas Guy ! »

Puis, sans se soucier des quatre enfants qui le regardaient sidérés, il s'enfuit en courant à travers la lande. Il y eut un moment de silence, puis François résuma l'opinion générale :

« Tout bien pesé, dit-il, c'est un fou ! »

Après un long bain dans l'eau tiède de soleil, une longue sieste sur les rives de l'étang pour se sécher et un excellent goûter, François décida d'explorer méthodiquement la chaumière.

Il monta même à l'étage, où il trouva deux chambres, si l'on peut appeler « chambres » des éboulis envahis de rosiers grimpants où, sur des murs presque inexistants, quelques rares poutres évoquent, seules, le toit disparu.

« Rien d'intéressant, conclut-il en descendant l'escalier. Allons visiter les communs. »

Ce nouvel examen ne révéla rien d'autre que ce que les filles avaient déjà découvert ; mais, comme ils allaient quitter l'étable, Claude poussa un cri de surprise.

« Oh ! regarde, Annie ! Cette dalle a été soulevée depuis notre dernier passage ! »

C'était exact. Une des dalles de pierre qui formaient le revêtement du sol reposait maintenant un peu de travers dans son alvéole. Sur ses bords la mousse avait été arrachée, laissant paraître, comme une traînée noirâtre, la terre mise à nu par ce déplacement.

« Hum ! fit Mick, tu dois avoir raison ! Quelqu'un s'est intéressé récemment à cette pierre..., ou à ce qui se trouve dessous !

— Et ce quelqu'un, ajouta Claude, c'est certainement un de nos visiteurs de cette nuit. Ils sont venus dans l'étable pendant que nous étions dans la maison. Voilà pourquoi Dagobert ne cessait d'aboyer.

— Que venaient-ils chercher ? questionna Annie.

— Pas difficile à savoir ! répliqua gaiement François. Il n'y a qu'à soulever cette dalle... Au travail, les enfants ! La clef du mystère repose dessous ! »

Chapitre 10

De quoi s'agit-il ?

Quatre paires de mains s'agrippèrent aux côtés de la dalle pour essayer de la soulever mais elle était lourde et résista à tous les efforts. Enfin, François découvrit un angle qui n'adhérait pas au sol, et, glissant les doigts dessous, parvint à s'assurer une prise. Mick vint à la rescousse et, lentement, la pierre se redressa.

C'était si passionnant que Claude et Annie regardaient la manœuvre, le souffle coupé. Seul Dagobert, très en voix, aboya de toutes ses forces jusqu'au moment où la dalle s'abattit avec un bruit terrible, qui le mit en fuite.

Personne ne s'occupa du chien. Tous les regards étaient tournés vers l'emplacement qu'avait occupé la dalle, et tous les visages trahirent une égale déception. Il n'y avait rien. Même pas un trou. Un carré de terre noirâtre, tassée et sèche. Rien de plus.

Claude regarda François d'un air perplexe.

« C'est curieux, hein ? dit-elle. Pourquoi a-t-on soulevé cette pierre puisqu'il n'y a rien dessous ?

— Oui, pourquoi ? répéta François. On n'y a rien trouvé, c'est évident, mais il n'est pas moins certain qu'on n'y a rien dissimulé non plus ! Pourtant je me refuse à croire qu'on ait pu se donner la peine de soulever une aussi lourde pierre sans une raison.

— Il est probable que ce "on" cherchait quelque chose qui n'était pas là, émit Annie après réflexion. Il s'est trompé de pierre !

— Annie a raison ! s'écria Mick. Notre inconnu a dû soulever le mauvais pavé ! Et il est probable que ce qui se trouve sous le bon pavé est très intéressant. Mais quel est le bon ? comment le deviner ? »

Les quatre enfants s'assirent, se regardant les uns les autres, faute de savoir quoi regarder d'autre. Toutes les dalles se ressemblaient, et il y en avait beaucoup. Après un temps de silence, François prit la parole :

« Puisque, en trois jours, dit-il, ces mystérieux personnages sont venus au moins deux fois, c'est qu'ils éprouvent une certaine hâte à mettre la main sur ce qu'ils cherchent.

— Un trésor, caché sous une pierre ? demanda Claude.

« — C'est peu probable, fit François en secouant la tête. Les gens qui vivaient dans cette chaumière ne devaient pas être riches !

— Oui, mais quelqu'un d'autre, remarqua Annie, a pu récemment cacher ici un trésor. Peut-être un objet volé..., qui sait ?

— Possible, concéda François, mais il faudrait admettre en ce cas que ceux qui font les recherches ne savent pas où se trouve ce qu'ils cherchent ! »

Mick éclata de rire.

« Comme ils ont dû être ennuyés quand ils ont vu Annie et Claude installées dans les lieux ! Et si encore elles avaient été endormies ! Mais non ! Éveillées comme des souris !

— Je me demande si nous ne ferions pas mieux de retourner ce soir aux Mouettes ? murmura Annie, inquiète. S'ils n'ont pas trouvé ce qu'ils cherchent, ils reviendront... Et de nuit, selon leur coutume !

— Qu'avons-nous à craindre ? riposta Mick. Dago est là ! Je n'ai aucune envie de partir, parce qu'il plaît à un quelconque individu de soulever les dalles de cette étable.

— Tout à fait d'accord ! s'exclama François. Et au besoin, nous en soulèverons, nous aussi. Je crois que ça va devenir passionnant. Quant à Annie, si elle préfère rentrer, nous ne la retiendrons pas !

— Oh ! je reste ! » s'écria Annie qui n'en avait aucune envie, mais qui, pour un empire, n'aurait pas consenti à repartir seule. Et,

87

comme pour racheter ce moment de faiblesse, elle émit une nouvelle idée :

« Si nous allions voir l'endroit où nous avons aperçu les gens cette nuit ? Il pleuvait des cordes, le sol devait être boueux, nous trouverons peut-être des empreintes.

— Excellente déduction », approuva Mick, et tous s'en furent dans la direction indiquée par Annie.

Par malchance, l'endroit était couvert d'un épais tapis de bruyère, et il était impossible de savoir si quelqu'un avait jamais marché dessus.

Déçu, le petit groupe s'en revenait vers la chaumière, lorsque François poussa un cri de joie. Juste sous la fenêtre, à l'endroit où le visiteur nocturne s'était arrêté pour regarder l'intérieur de la pièce à la lueur d'un éclair, il y avait deux empreintes de pieds profondément imprimées dans le sol. L'une d'elles était confuse, comme si le pied qui l'avait tracée avait pivoté sur lui-même, l'autre était très nette.

Mick prit une feuille de papier, et nota la dimension de la chaussure et tous les détails de la semelle : une semelle crêpe, ornée de dessins en V, très reconnaissables, avec une éraflure bien visible au talon.

« Tu es un vrai détective, lui dit Annie pleine d'admiration.

— Oh ! n'importe qui pourrait en faire autant. La difficulté n'est pas de relever l'empreinte, mais de retrouver le propriétaire de la semelle !

— Savez-vous qu'il est déjà huit heures et

demie ? interrompit Claude. Je n'aurais jamais cru que le temps passerait si vite ! Il devient urgent de s'occuper du dîner et du coucher, si nous voulons dormir ce soir.

— Où coucherons-nous ? questionna François. Dedans ou dehors ?

— Dedans, répondit précipitamment Mick. Il est indispensable de compliquer au maximum les investigations des rôdeurs nocturnes.

— Très juste, admit François. Au lieu de deux intrus, ils en trouveront quatre, cette nuit. Sans compter le chien. Voilà qui risque de les ennuyer !

— Je vous signale que le pavé de la maison n'est pas moelleux, fit remarquer Annie. Il faudrait nous confectionner des matelas. »

Le dîner fut rapidement expédié, car personne n'avait très faim. La récolte et le transport de la bruyère demandèrent plus de temps.

« Il en faut des masses pour avoir un lit confortable, remarqua Mick, essayant le sien. J'ai l'impression que mes os passent à travers les brindilles pour aller se cogner au dallage.

— Nous mettrons la couverture sur le matelas, dit François. Nous n'en avons pas besoin pour nous couvrir. Il fait si chaud ! »

Deux grands lits furent enfin prêts. Ils avaient été installés dans la pièce principale, François estimant préférable de ne pas laisser les filles seules, en cas de danger.

Garçons d'un côté, filles de l'autre, chacun s'empressa de se coucher et de s'endormir. Seul, François veilla. L'énigme de la dalle levée l'inquiétait. Pourquoi était-ce celle-là qui avait été déplacée et non une autre ? L'inconnu avait-il un plan pour se guider ? Le plan était-il mal fait ou bien l'homme n'avait-il pas su le lire ? Le sommeil vainquit François avant qu'il eût trouvé une réponse à cette troublante question.

Dago dormait déjà, heureux de sentir les quatre enfants sous sa garde. Une de ses oreilles restait à l'écoute, comme toujours. Ce fut à peine si cette oreille bougea lorsqu'une souris trottina à travers la pièce, et qu'un scarabée tomba du rebord de la fenêtre sur le sol.

Cependant, cette oreille se dressa soudain et l'autre l'imita tout aussitôt. Un bruit étrange, provenant du dehors, pénétrait dans la pièce, un bruit difficile à identifier.

Dago savait qu'il ne devait pas aboyer en entendant ululer une chouette, mais ce n'était pas là un cri d'oiseau. Complètement réveillé et très perplexe, le chien écoutait. Que devait-il faire ? Le cas était embarrassant. Il passa sa patte sur le bras de Claude, qui pendait le long du matelas. Elle saurait sans doute ce que signifiait ce bruit.

« Assez, Dago, laisse-moi ! » murmura Claude dans un demi-sommeil.

Dago n'obéit pas. Sa patte se posa, insistante, sur l'épaule de la dormeuse qui s'éveilla. Quel était ce bruit ? On aurait dit un gémissement succédant à un vagissement... Cela commençait bas, s'élevait, puis retombait et mourait dans le silence, pour recommencer de nouveau quelques secondes plus tard. Un appel funèbre qui n'en finissait pas.

« François ! Mick ! souffla Claude, le cœur battant. Réveillez-vous ! Il se passe quelque chose ! »

Les garçons se redressèrent aussitôt. Annie aussi.

Le bruit frappa leurs oreilles et ils s'entre-regardèrent angoissés. François lui-même sentit comme un picotement à la racine de ses cheveux. Il se leva d'un bond et courut à la fenêtre.

« Vite, venez voir ! » lança-t-il aussitôt.

Tous se précipitèrent à sa suite, tandis que Dago, persuadé maintenant que cette mélopée insolite était digne d'intérêt, aboyait aussi fort qu'il le pouvait.

Le spectacle que les enfants découvrirent par la fenêtre disjointe était aussi inexplicable que les bruits qui l'accompagnaient. Des lumières bleues et vertes brillaient çà et là dans la campagne, tantôt faibles, tantôt éclatantes. Une étrange lueur blanche traversait lentement l'espace. Annie se cramponna au bras de sa cousine.

« Ça ne viendra pas jusqu'ici ? demanda-t-elle d'une voix haletante. Ça ne viendra pas, dis ? J'ai peur... que se passe-t-il, François ? » Mais François était aussi embarrassé que ses cadets.

« Je ne comprends pas, dit-il d'un ton bref. Attendez-moi ici. Je vais aller voir de plus près. »

Et, avant que personne ait pu l'arrêter, il était dehors, Dagobert sur ses talons.

« Oh ! François ! reviens ! » cria Annie, entendant ses pas s'éloigner. Mais ses appels restèrent sans réponse. Elle demeura, tremblante, devant la fenêtre, serrée entre Mick et Claude, guère plus rassurés qu'elle... Tous trois regardaient et écoutaient intensément lorsque, soudain, les gémissements cessèrent et les lumières pâlirent. Puis on entendit les pas de François se rapprochant dans l'obscurité.

« François ? qu'est-ce que c'était ? demanda Mick, dès que son frère eut franchi le seuil.

— Je n'en sais rien, répondit l'aîné. Je n'en sais vraiment rien. »

Découvertes intéressantes et plan d'action

Par la fenêtre ouverte, il n'entrait plus ni cris ni lueurs étranges. La nuit était redevenue paisible et silencieuse. Les quatre enfants s'assirent dans un angle de la pièce, plein d'ombre. Annie, serrée tout contre François, était vraiment effrayée.

« Je veux retourner à la maison, murmurait-elle. Dis, François, on rentrera dès demain, n'est-ce pas ? »

François passa son bras autour des épaules de sa sœur sans lui répondre. Il aurait voulu expliquer aux autres ce qu'il avait vu et ne trouvait pas de mots pour s'exprimer. En fait, il n'avait strictement rien vu. Se guidant sur les plaintes qu'il entendait, il était arrivé à hauteur des trois chênes rabougris, tout près, semblait-il, de l'endroit d'où elles provenaient.

« C'était comme des voix humaines, précisa François, et pourtant je ne voyais personne. Dago aboyait, courait en tous sens, avait l'air apeuré, mais ne découvrait rien. Et c'est à ce moment que les voix se sont tues. Toutes ensemble. D'un seul coup.

— Et les lumières ? questionna Mick.

— Les lumières ? Elles sont tout aussi inexplicables que les voix, répondit François, de plus en plus embarrassé. Tout d'abord, j'avais cru qu'elles brillaient à hauteur d'homme. Mais ce n'était pas vrai. En m'en approchant, j'ai vu qu'elles flottaient, quelque part assez haut dans l'air, à quatre ou cinq mètres peut-être. C'est difficile à évaluer. Elles se sont éteintes en même temps que les voix se sont tues, au moment où j'arrivais assez près pour voir d'où elles provenaient. Tout cela n'a pu se faire tout seul, conclut François. Pourtant s'il y avait eu quelqu'un, Dago l'aurait vu, que diable !

— Ouah ! » approuva tristement le chien, ce qui voulait dire : « Je n'aime pas du tout ce genre d'expédition », et sa queue frappa trois fois le sol en guise de confirmation.

« Si ces bruits et ces lumières se produisent tout seuls, sans que personne s'en mêle, dit Annie, c'est encore pire. Retournons à la maison, François. Dès demain.

— Si tu veux, répondit enfin François. Cette affaire me paraît par trop incompréhensible. Je suis prêt à abandonner. Mais je ne le ferai pas

94

avant d'avoir vérifié le terrain ! J'ai une idée en tête...

— Quelle idée ? demanda Mick.

— Suppose que notre présence ici soit réellement une gêne pour celui ou ceux qui soulèvent les dalles, que feront-ils ? Ils chercheront à nous faire partir. Le meilleur moyen ne serait-il pas de nous effrayer ? Une petite mise en scène comme celle que nous venons d'admirer pourrait fort bien n'avoir pas d'autre but.

— L'idée est bonne, mais... comment se fait-il alors que Dago n'ait débusqué personne ?

— Nous le comprendrons peut-être en inspectant le terrain.

— Et si tu ne trouves rien ni personne, nous rentrerons demain ? répéta Annie.

— Oui ! je te le promets, petite sœur. Et, de toute façon, je ne t'obligerai pas à passer une nuit de plus ici, contre ton désir. »

Peu après, rien d'anormal ne s'étant produit, les enfants se recouchèrent et parvinrent, non sans peine, à se rendormir. Le reste de la nuit s'écoula sans alerte, et le soleil était déjà haut quand François, le premier, s'éveilla. La vue du plafond bas le surprit. Où était-il ? En Espagne ? Non ! Il était revenu à Kernach, et ce plafond était celui de la chaumière en ruine.

Il réveilla Mick qui reprit très vite ses esprits.

« Tu te rappelles cette peur que nous avons eue cette nuit ? murmura-t-il avec un sourire ironique. Maintenant qu'il fait grand jour et que le soleil brille, je ne comprends pas que nous ayons pu être aussi affolés.

— Plus j'y pense, répondit François, plus je suis certain que quelqu'un cherche à nous faire peur. Il y a réussi — il faut le reconnaître. Mais cela ne prendra plus ! J'ai bien envie de reconduire les filles à la maison, et de revenir ici avec toi.

— Annie ne demandera pas mieux, mais Claude s'y refusera. Tu la connais. Elle met un point d'honneur à faire tout ce que font les garçons ! À mon avis, il ne faut rien décider avant d'être allés sur place. Je suis sûr que nous trouverons une piste. Je ne crois pas aux fantômes, moi !

— Alors, réveillons les filles et mettons-nous en chasse ! Hep ! Claude ! Annie ! Espèces de marmottes ! Allez-vous enfin nous apporter notre café au lait ? À quoi est-ce bon, les filles, si elles ne servent même pas les garçons ! »

Claude se redressa, les yeux brillant de colère, comme l'avait souhaité François.

« Tu peux bien te faire ton caf... » commença-t-elle. Puis elle remarqua la mine goguenarde de son cousin et éclata de rire.

« Tu commences déjà à me faire enrager ?

— Je cherchais seulement à te mettre en bonne forme pour la journée, lui dit-il. Rien de plus. Maintenant, viens vite. Nous allons nous baigner ! »

Tous partirent en courant allégrement. Dago bondissait en balançant sa queue comme une invite à une compétition dont il était certain de sortir vainqueur. Le soleil brillait avec un éclat plus réconfortant que jamais. Dans les buissons, les oiseaux chantaient à tue-tête. Les terreurs nocturnes étaient bien oubliées !

En arrivant près de l'étang, Claude s'aperçut qu'un baigneur les y avait devancés.

« C'est Guy ! » s'écria-t-elle, puis en riant elle ajouta : « Si toutefois il veut bien, ce matin, se laisser appeler Guy ! Quel dommage qu'il soit là !

— Oh ! tant pis ! Nous ferons comme s'il n'existait pas ! » Et Mick, tournant le dos au baigneur, se mit à délacer ses espadrilles.

« Venez vite ! L'eau est délicieuse ! » cria une voix lointaine. C'était Guy. Il les avait entendus et agitait le bras pour les appeler. Son visage était tout sourire.

« Nous arrivons ! » riposta Claude, caressant Radar qui, en guise de bonjour, frottait contre ses jambes son poil mouillé. « T'appelles-tu Guy ce matin, ou non ?

— Bien sûr, que je m'appelle Guy ! Ne dites pas de bêtises et venez jouer. Vous arrivez bien, je m'ennuyais tout seul. »

Guy nageait comme une anguille. Il déploya ses talents pour la plus grande joie de tous. Il nageait sous l'eau, attrapait une ou deux jambes au passage, éclaboussait tout le monde, filait comme un poisson volant et s'engloutissait sous les profondeurs lorsqu'on croyait le saisir en surface.

Quand le jeu prit fin, les baigneurs, essoufflés, s'allongèrent au soleil.

« Dis donc, Guy, questionna François, n'as-tu rien vu d'extraordinaire cette nuit ? Ni rien entendu ?

— Je n'ai rien vu, mais je crois avoir entendu

des gémissements. C'était lointain et ne me parvenait que par bouffées, sans doute lorsque le vent apportait le son de mon côté. Mais Radar avait peur. N'est-ce pas, Radar ? Tu es venu te cacher entre mes jambes.

— Nous avons entendu les mêmes plaintes, dit François, mais très proches. Et nous avons vu des lumières. »

La conversation roula un certain temps sur ce sujet, mais Guy ne pouvait être d'aucune aide. Il se trouvait beaucoup trop loin des bruits et des lumières.

« J'ai une faim d'ogre, déclara soudain Claude. Dès que je ferme les yeux, je vois des piles de tartines et des bols de chocolat fumant. Rentrons déjeuner... »

On prit congé de Guy et de Radar, en promettant de se retrouver bientôt.

« Je n'y comprends rien, lança Annie, lorsque le garçon les eut quittés. On peut dire que Guy jouit de tout son bon sens, ce matin ! Qui m'expliquera pourquoi, à certains moments, il le perd si complètement ?

— Regarde donc là-bas, interrompit sa cousine. N'est-ce pas lui qui suit le sentier en courant ? À droite, tu vois ? Comment peut-il être déjà arrivé là ? Nous l'avons vu partir dans la direction opposée. »

La silhouette en costume de bain, qui s'éloignait au grand galop, ressemblait bien à Guy. Elle poursuivit cependant sa course, sans ralentir ni se retourner, malgré les cris que poussaient les enfants, assez fort pour mettre en fuite tous les lapins de la lande.

Claude se frappa le front à petits coups de l'index et tous éclatèrent de rire. Mais un sentiment de gêne subsistait. Pourquoi la conduite de ce garçon était-elle si différente d'une fois sur l'autre ? C'était incompréhensible, dénué de toute logique et de toute raison. Et comme tout ce qui ne s'explique pas, cela engendrait une certaine inquiétude.

Après un copieux petit déjeuner, le Club des Cinq s'en fut explorer la zone où avaient eu lieu les insolites événements nocturnes. François conduisait le groupe, suivant approximativement le trajet fait par lui, dans la nuit. Arrivé à hauteur du bouquet d'arbres qui dominait la lande, face à la chaumière, il s'arrêta.

« C'est d'ici que semblaient provenir les bruits, dit-il, et par ici aussi que flottaient les lumières, à plusieurs mètres au-dessus du sol.

— Tu es sûr que ce ne sont pas des gens qui les portaient, ces lumières ?

— Absolument certain. À moins que les gens en cause ne soient des géants.

— Ne pensez-vous pas, murmura timidement Annie, que ces arbres ont pu servir à quelque chose ? Si les "gens" avaient grimpé dedans, ils pouvaient de là-haut allumer leurs lumières, et produire leurs bruits avec je ne sais quels instruments bizarres. »

François examina les arbres puis se tourna vers sa jeune sœur avec un regard admiratif.

« Cette brave vieille Annie ! s'écria-t-il. Elle a

toujours l'air plus effarouché que tout le monde, et elle y voit plus clair que tous les autres ensemble. Mais bien sûr que tu as raison ! Je ne sais pas avec quoi ils ont pu émettre ces gémissements, ni quel genre de pièces d'artifice pouvaient produire ces lumières, mais il s'agissait sûrement d'un truquage de ce genre.

— Cela expliquerait aussi que Dago n'ait trouvé personne ! s'écria Claude. L'ennemi était dans les branches quand il le cherchait au sol ! N'empêche qu'ils ne devaient pas en mener large, là-haut, en entendant le chien aboyer sous leur refuge. »

Michel se pencha brusquement et ramassa un bout de baudruche verdâtre toute molle et ratatinée.

« Et voilà une pièce à conviction, s'écria-t-il gaiement. Un vestige des ballons lumineux !

— Très ingénieux ! apprécia François. J'ai l'impression qu'ils avaient emporté un joli arsenal là-haut en vue d'une représentation grandiose. Ils sont résolus à nous mettre en fuite ! Dommage qu'ils se soient donné tant de mal pour rien !

— Ils ont bien failli réussir, reconnut Claude. Nous avons eu vraiment peur, n'est-ce pas ?

— Oui, mais maintenant, c'est fini. Ils ne nous effraieront plus, s'écria Annie dans un sursaut de courage bien inattendu. Je me refuse à faire ce qu'ils attendent de nous ! Je ne veux plus partir.

— Bravo, Annie ! s'écria François en donnant une claque amicale sur le dos de sa petite sœur.

101

Bravo ! Nous allons rester ! Mais il y a encore mieux à faire.

— Quoi ?

— Rester, mais en faisant semblant de partir ! Nous démontons la tente, nous plions bagage ostensiblement, nous vidons les lieux au vu et au su de tous, et, mine de rien, nous nous installons plus loin. Et puis cette nuit, Mick et moi, nous revenons ici nous cacher dans un coin et guetter les visiteurs. S'ils viennent, nous trouverons bien le moyen d'apprendre ce qu'ils cherchent, et pourquoi ils le cherchent.

— Magnifique ! s'écria Mick ravi, en lançant en l'air le morceau de baudruche. Ces messieurs aiment plaisanter ? Eh bien, nous aussi ! »

Chapitre 12

Une bonne cachette

La journée se passa agréablement en jeux et en promenades, puis, vers cinq heures du soir, il fut décidé qu'il était temps de passer à l'exécution du plan prévu et de simuler le départ.

« J'ai idée que quelqu'un nous observe, dit Mick. Quel plaisir nous allons lui faire en levant le camp !

— Comment nous observerait-on ? » questionna Annie, jetant un coup d'œil soupçonneux autour d'elle comme si elle s'attendait à voir un espion derrière chaque buisson. « Ce n'est pas possible. S'il y avait quelqu'un, Dago nous le dirait !

— Le quelqu'un en question peut être assez loin pour que Dago ne puisse sentir sa présence.

— Comment nous verrait-il, alors ?

— Annie, commença Mick sur un ton docto-
ral, je ne sais pas si tu as jamais entendu parler
d'un instrument d'optique, communément
appelé "jumelles", lequel permet... »

Une bourrade vint interrompre son discours.
Annie, rougissant de son manque de perspica-
cité, le faisait taire et lui disait en même temps :

« C'est bon, je connais ! Pour une fois, tu as
raison.

— Je peux même, continua Mick, t'indiquer
le point exact où se trouve en ce moment notre
observateur. J'ai remarqué à différentes reprises
des éclats de lumière — du genre de ceux que
produit le soleil en se réfléchissant sur un morceau de verre — au sommet de la colline que tu
vois là. Le curieux doit être installé là-haut et
fort occupé à nous surveiller. »

Annie se tourna pour regarder le point indi-
qué, mais François l'arrêta dans son élan.

« Non ! dit-il brièvement. Ne regarde pas par
là ! Ni toi ni personne ! Notre observateur n'a
pas besoin de savoir que nous savons où il est ! »

Les préparatifs de départ se poursuivirent
bon train. Claude reçut l'ordre de charger sa
tente sur sa bicyclette en se tenant bien en vue
dans un endroit dégagé, afin que tous ses gestes
fussent bien visibles. François ficelait très ostensiblement le matériel de cuisine, Annie pliait les
imperméables et Mick regonflait ses pneus,
lorsque tout à coup Dago aboya.

« Quelqu'un vient ! » souffla Annie.

Toutes les têtes se tournèrent dans la direction qu'indiquaient les aboiements. Chacun s'attendait à voir paraître quelque individu à mine menaçante, mais ce n'était qu'une paysanne marchant rapidement, un panier au bras. Un grand châle couvrait sa tête et ses cheveux soigneusement tirés ; son visage n'était ni poudré ni fardé, et ses yeux n'étaient guère dissimulés par ses lunettes à peine teintées. En apercevant les enfants, elle s'arrêta.

« Bonsoir, fit poliment François.

— Bonsoir, répondit la femme. Vous venez camper ici ? Vous avez choisi le beau temps.

— Non, répondit François, nous partons, au contraire ! Nous avions logé dans cette chaumière, mais nous préférons ne pas y rester... Elle est très vieille, n'est-ce pas ?

— Oui ! et elle a assez mauvaise réputation.

— Cela ne m'étonne pas ! Il s'y passe des choses étranges la nuit...

— On la dit hantée... Pour ma part, je n'oserais pas y venir de nuit, fit la femme en frissonnant. Ah ! non ! alors !

— On nous l'aurait dit, continua François, que nous n'aurions pas voulu le croire. Maintenant, nous sommes renseignés..., et nous allons ailleurs.

— Vous avez raison ! Et de quel côté comptez-vous vous installer ?

— Nous habitons à Kernach, répondit François, éludant la question.

— Un coin charmant, fit la femme en reprenant sa route. Bonsoir, les enfants, et ne vous attardez pas ici une fois le soleil couché ! »

Un instant plus tard, elle était hors de portée de voix.

« Reprenez vos occupations, ordonna Mick. L'espion est encore là-haut à nous regarder. »

Claude boucla une dernière courroie sur sa bicyclette et dit à François :

« Pourquoi as-tu raconté tout ça à cette femme ? D'habitude tu n'es pas aussi bavard quand nous sommes en pleine aventure.

— Oh ! Claude, riposta François, es-tu innocente au point d'avoir pris cette femme pour ce qu'elle se donnait l'air d'être ? Elle n'est pas plus fermière que moi, et encore moins originaire du pays.

— Tu crois ? questionna Annie. Elle paraissait bien connaître la chaumière, pourtant !

— Trop bien ! » assura François, tandis que Mick ajoutait :

« Elle avait les cheveux teints, deux dents en or, et ses mains... Vous n'avez pas remarqué ses mains ! Celles d'une vraie fermière sont brunes, tannées et ridées, alors que les siennes étaient blanches, douces et lisses comme celles d'une princesse.

— Je l'ai bien vu, dit Annie, et j'ai remarqué aussi qu'elle avait par moments un accent paysan et, à d'autres, pas du tout.

— Justement, dit François, tous ces indices prouvent que sa petite visite n'était qu'une comédie. Cette femme a partie liée avec la bande qui cherche à nous déloger d'ici. Elle n'est venue que pour s'assurer que nous partions vraiment. Et si elle a cru nous induire en

106

erreur avec son déguisement, c'est bien la preuve que ces gens nous croient plus bêtes que nous ne sommes !

— Nous leur prouverons le contraire ! s'exclama Mick, plein de feu. Ils reviendront cette nuit. Ils retourneront autant de pierres qu'ils voudront et, toi et moi, nous prendrons du bon temps à les regarder !

— Mais vous serez prudents, implora Annie. Où vous cacherez-vous ?

— Nous ne le savons pas encore, dit François. Mais nous trouverons une bonne cachette ! L'important, maintenant, c'est de partir très ostensiblement.

— Partons ! s'écria Claude. Laissons-les croire que nous avons peur... Mais moi, je n'ai pas peur du tout ! Et je reviendrai avec vous, Annie pourra très bien rester avec Dago. Elle ne risquera rien !

— Non ! dit François. Tu resteras avec Annie et Dago. Moins nous serons, mieux cela vaudra. »

Claude, mécontente, fronça les sourcils et prit son air boudeur. François éclata de rire.

« Quelle jolie grimace ! s'écria-t-il. Une des plus réussies que je te connaisse ! Tu ne la fais pas souvent, mais elle te va bien. Tâche de l'accentuer encore un peu, ce sera parfait ! »

Cette plaisanterie arracha à Claude un sourire involontaire. Puis elle s'efforça de faire contre mauvaise fortune bon cœur. François avait raison. Mais il était dur d'être écartée au moment

107

même où l'aventure promettait de devenir palpitante.

« Où allons-nous nous installer ? demanda-t-elle, en s'efforçant de cacher sa déception.

— Pas trop loin, répondit François, conciliant.

— Assez loin pourtant, objecta Mick, pour que l'espion de la colline ne puisse pas voir où nous nous arrêterons.

— Je crois qu'il a quitté son poste, fit Annie. Il y a un moment que je ne vois plus d'éclats de lumière là-haut. Notre fausse fermière a dû le rassurer en lui affirmant que nous étions décidés à partir.

— Je connais un endroit ! s'écria soudain Claude. De l'autre côté de la source, à deux ou trois cents mètres plus loin, il y a près du chemin une énorme touffe d'ajoncs. Je l'ai regardée de près. Elle forme comme une voûte au-dessus d'un creux de terrain où l'on pourrait très bien se cacher.

— Allons voir, décida François. Si ce n'est pas trop piquant, ça doit pouvoir faire l'affaire. »

Claude, un peu rassérénée, prit la tête de la petite troupe. Dagobert venait le dernier, sa collerette de carton, sale et déchirée, lui donnant un air plus comique que jamais.

On marcha quelque temps, puis Claude s'arrêta.

« Nous ne devons plus être loin, dit-elle. Je me souviens que j'entendais encore le bruit de la source quand j'ai découvert l'endroit. Ah ! voilà ! »

C'était en effet une énorme touffe d'ajoncs, verte et hérissée d'épines, portant encore quelques fleurs jaunes au bout des branches. Le tronc principal fortement incliné couvrait une dépression du sol assez profonde pour abriter deux ou trois personnes.

François, s'enveloppant la main dans un morceau de papier d'emballage pour la protéger, souleva les branches et inspecta l'intérieur de cette cachette. L'examen lui parut satisfaisant. Le fond était sec, tapissé de brindilles comme un nid.

« Vous serez très bien là-dedans, dit-il, s'adressant aux filles, et il y aura même assez de place pour loger Dagobert.

— Pas avec sa collerette ! gémit Claude. Elle va se prendre dans toutes les branches.

— Eh bien, enlève-la-lui ! dit François. La coupure est bien cicatrisée maintenant, et même s'il la gratte, il ne se fera pas grand mal. »

Claude vérifia une fois de plus l'état de la blessure, et admit que son cousin avait raison.

« Bien, dit-elle, je l'enlève ! » Et elle se mit en devoir de couper les fils retenant ensemble les deux extrémités du col de carton.

« Pauvre Dago ! murmura Mick ironiquement. Nous n'allons plus te reconnaître sans collerette ! »

Quand Claude eut libéré son cou et jeté au loin le carcan de carton, le chien balança doucement la queue, comme pour remercier, mais ses grands yeux interrogateurs semblaient dire : « Alors quoi ? Tu me l'avais mis et tu me le

retires ? Je ne comprends pas ce que tu veux,
mais je te laisse faire... »

« Oh ! Dago ! s'écria Annie, tu as l'air tout nu
maintenant. Mais je t'aime mieux comme ça !
Tu sais, mon vieux Dago, nous n'aurons que toi
pour nous défendre cette nuit. Tu veilleras bien
sur nous, dis !

— Ouah ! » fit Dago, agitant énergiquement
la queue, et ce « ouah » voulait dire : « Je sais
qu'il y a du danger mais tu peux compter sur
moi ! »

Chapitre 13

Nuit de guet dans la chaumière

Il commençait à faire nuit. Sous la touffe d'ajoncs il faisait même complètement nuit.

Le Club, au complet, était parvenu à se faufiler dans ce refuge et à y dîner avec un minimum de gestes. Le repas fut gai, coupé de rires étouffés et de petits cris chaque fois qu'un bras ou un cou non protégés affleurait une branche couverte de piquants.

François avait préparé, pour Mick et pour lui, un en-cas composé de sandwiches, biscuits secs et chocolat. Il comptait bien l'utiliser si l'attente devait se prolonger.

« Soyez prudents ! répétait Annie à tout moment.

— Oh ! Annie ! supplia Mick, tais-toi ! C'est la dix-huitième fois que tu nous fais la même recommandation. Ne t'inquiète pas pour François et moi. Nous passerons une excellente soirée. Si quelqu'un court le moindre danger, ce sera toi et Claude, pas nous.

— Comment cela ? questionna Annie, surprise.

— Eh bien..., il vous faudra vous méfier de ce gros scarabée que j'aperçois là dans le coin, et veiller à ce qu'aucun porc-épic ne vienne se frotter à vos jambes. Et aussi prendre garde aux serpents qui pourraient être tentés de se faufiler au chaud dans ce petit nid !

— Mick, par pitié, ne raconte pas de bêtises ! s'écria Annie, menaçant son frère de son poing fermé. Dis-moi plutôt à quelle heure vous serez de retour ?

— À la minute précise où tu nous entendras revenir », fit Mick, toujours riant.

Annie allait se fâcher tout de bon quand François intervint.

« Mick, il est temps de se mettre en route, dit-il.

— Je suis prêt, déclara Mick, mais il reste une manœuvre difficile à effectuer : nous extraire de ce guêpier. »

Mick se propulsa à reculons vers la sortie, faisant l'impossible pour ne pas frôler les branches, ce qui ne l'empêcha pas de se piquer un peu partout et, dépité, il affirma que les ajoncs faisaient exprès de se mettre sur son passage pour l'égratigner.

Quand les garçons furent sortis, Annie et Claude restées seules se sentirent assez désemparées. Elles n'entendaient plus rien, même pas le bruit des pas de ceux qui s'éloignaient, tant ils marchaient silencieusement sur la bruyère.

« Oh ! j'espère qu'ils seront..., commença Annie.

— Assez ! cria sa cousine. Si tu dis ça encore une fois, je te donne une gifle..., je te le promets !

— Mais ce n'est pas "ça" que j'allais dire ! gémit Annie. J'espère qu'ils seront assez débrouillards pour découvrir le fin mot de l'affaire cette nuit, et que nous pourrons retourner dès demain aux Mouettes.

— Ah ! bien ! fit Claude en riant. Si c'est cela que tu voulais dire, je suis d'accord. Puisque Dago n'a plus de collerette, nous n'avons aucune raison de rester ici. J'ai envie de prendre des bains de mer, de faire de la périssoire et de longues promenades, et...

— ... Et de goûter à la cuisine de Maria », ajouta Annie avec un soupir d'envie.

Pendant quelque temps, les deux cousines parlèrent des joies qui les attendaient à Kernach, dès qu'elles pourraient quitter la lande, puis Annie bâilla.

« Que nous restions réveillées, dit-elle, n'apportera aucune aide aux garçons. Si nous dormions ? »

Elles se serrèrent l'une contre l'autre sous la

couverture, au fond du trou. Dago ne trouva la place de se coucher que sur leurs jambes, mais personne ne le chassa. C'était si réconfortant de le sentir là !

« Je voudrais bien savoir ce que font Mick et François », murmura encore Annie d'une voix ensommeillée. Puis le calme absolu régna sur et sous les ajoncs de la lande.

Les garçons, à ce même moment, ne s'amusaient guère. Arrivés à la chaumière sans faire le moindre bruit, et sans utiliser leurs lampes de poche pour n'alerter personne, ils avaient décidé de s'installer dans ce qui avait été les chambres de l'étage.

« Le toit ne nous gênera pas pour surveiller les environs, avait dit François. Et les murs guère davantage. De plus, il n'y a dans ces chambres que du parquet pourri et pas la moindre dalle de pierre à soulever. Il est peu probable que nos visiteurs auront besoin de monter. »

L'exécution de ce projet s'était faite sans la moindre difficulté. Il n'y avait pas de lune, mais le ciel était dégagé et, avec un peu d'entraînement, on y voyait assez clair pour se diriger.

La chaumière était silencieuse, comme morte. Les deux frères se retrouvèrent bientôt en haut de l'escalier de pierre, et si leur cœur battait un peu fort, ils voulaient croire que ce n'était qu'à force de retenir leur souffle pour ne pas faire de bruit.

« Tu ne l'entends pas ? souffla Mick dans l'oreille de son aîné.

— Qui ?

— Mon cœur !

— Non ! fit François en riant d'un rire silencieux, mais le mien bat tout autant ! Est-ce bête ! Il n'y a pas à avoir peur ! Nous serons parfaitement bien ici. Nous sommes arrivés les premiers, c'est une chance ! Profitons-en pour nous installer.

— Comment ?

— En vérifiant s'il est des obstacles imprévus qui pourraient nous faire trébucher au mauvais moment. »

Les deux garçons écartèrent soigneusement quelques débris de poutres pourries, mais renoncèrent à écarter des branches de rosier grimpant, qui s'enchevêtraient un peu partout. Il aurait fallu des heures pour les déblayer.

« Tant pis ! décida François. Laissons-les. »

Il s'était piqué les doigts, il suça ses écorchures tout en s'installant sur un pan de mur. De là, il découvrait tout le terrain s'étendant au pied de la chaumière, avec les arbres où avait eu lieu le feu d'artifice. Assis auprès de lui, Mick surveillait l'autre côté. Un vent léger et tiède soufflait, agitant les branches de rosier. L'une d'elles frottait contre les pierres avec un petit grincement agaçant. C'était le seul bruit qu'on entendait. Et les minutes passèrent, longues. De plus en plus longues.

« Je croyais que ce serait amusant ! chuchota Mick en étouffant un bâillement. Quelle erreur ! »

François lui imposa silence, et l'attente reprit. Elle durait depuis plus de trois quarts d'heure, quand la main de François se posa sur l'épaule de son frère.

« Les voilà ! » murmura-t-il en même temps.

Mick tourna la tête et aperçut au loin une lumière qui se déplaçait, minuscule. Puis, derrière celle-là, en apparut une autre, et une autre encore.

« Une vraie procession ! » souffla Mick.

La procession se rapprochait lentement et sans le moindre bruit. Au bout d'un temps qui leur parut extrêmement long, les garçons distinguèrent trois silhouettes sombres portant trois lampes électriques. Les lampes s'éteignirent, puis les silhouettes disparurent à l'intérieur de la chaumière.

« Ils viennent s'assurer de notre départ, mur-

116

mura François. J'espère qu'ils ne penseront pas à monter jusqu'ici !

— Ce n'est pas sûr ! Mieux vaut nous cacher. »

Les vestiges de la cheminée profilaient une zone d'ombre contre les ruines du mur. Les deux frères s'y glissèrent sans bruit et attendirent, immobiles comme des statues.

Mick, le premier, entendit un pas gravissant avec précaution les marches de pierre.

« On vient ! » souffla-t-il et, plus bas encore, il ajouta : « Si j'étais le rosier, je l'accrocherais au passage ! »

— Chut... » fit François.

Le pas se rapprochait. Le rayon d'une lampe balaya le plancher. Puis un juron étouffé retentit.

« Ça, c'est le rosier ! pensa Mick. Un bon point pour lui ! »

La lumière se promena quelque temps d'une pièce dans l'autre. Puis la voix de celui qui était monté cria allégrement : « Personne ici, non plus ! Ils sont partis ! »

Son pas lourd, maintenant qu'il ne cherchait plus à le dissimuler, redescendit l'escalier, et un énorme soupir s'échappa de la poitrine des deux frères. Le danger était passé... Pour l'instant du moins !

En bas, les visiteurs ne se gênaient plus. Ils allumaient des lanternes et parlaient tout haut.

« Par où commençons-nous, Mado ? C'est toi qui as le plan.

— Oui ! répliqua une femme. Mais je ne

savais vraiment pas à quoi il pouvait servir !
Paul est un si mauvais dessinateur ! »

C'était la voix de la pseudo-fermière qui avait rendu visite aux enfants ce jour-là.

Une voix d'homme avec un fort accent étranger lui répondit :

« L'important, ce n'est pas le plan ! C'est de trouver la pierre. Nous connaissons ses dimensions, cela devrait suffire !

— Ouais ! fit la femme. Mais moi, je préférerais savoir où elle se trouve ! Nous ne sommes même pas certains que ce soit ici !

— En tout cas, elle n'est pas dans le camp romain, coupa le premier homme. Il n'y a pas une seule dalle qui ait les dimensions indiquées. »

Michel donna un léger coup de coude à son frère. Les visiteurs dont Guy s'était plaint, ce devait être ceux-là ! Mais que cherchaient-ils derrière une dalle aux dimensions si bien définies ? La réponse à cette question informulée n'allait pas tarder à venir. La voix de l'étranger reprit :

« Même s'il faut soulever une à une toutes les dalles des environs, je ne renoncerai pas ! Et vous m'aiderez ! Vous savez que si nous ne retrouvons pas le souterrain et les papiers qui y sont cachés, nous finirons nos jours en mendiant dans les rues.

— Ou en prison ! coupa la voix de l'autre homme.

— Non ! pas en prison ! C'est Paul qui a volé les documents. Pas nous !

118

— Ne pourriez-vous obtenir qu'il nous refasse un plan plus précis ? questionna la femme d'un ton pleurard. Je ne peux même pas lire ce qui est écrit. »

Il y eut un silence, puis la voix de Mado s'éleva de nouveau :

« Et ce mot-là, dit-elle, qu'est-ce que c'est ? Je ne peux pas le lire : edu... ? *eclu...* ?

— Montrez ! »

Les deux garçons échangèrent un regard. Comme ils auraient voulu tenir ce plan en main ! déchiffrer ce mot !

Un éclat de rire bruyant les fit sursauter.

« Imbécile ! disait l'homme à l'accent étranger. La lettre du milieu n'est ni *d* ni *cl*, c'est un *a*. Un *a* et cela fait *eau* ! Où y a-t-il de l'eau ici ? Dans la cuisine ? Un puits couvert par une dalle, je parie ! Là, regardez sous l'évier : la voilà, la dalle ! Elle a juste la dimension voulue ! »

Les doigts de Mick se serrèrent sur le poignet de François.

« Ils ont trouvé avant nous ! » souffla-t-il entre ses lèvres crispées.

Chapitre 14

De nouvelles surprises

Des bruits de pas pressés résonnèrent en bas, puis ce furent des coups sourds, des crissements de fer contre la pierre, des respirations bruyantes coupées de grognements. Les vandales s'acharnaient contre la dalle et, à coup sûr, elle était lourde et difficile à manier.

« Quel morceau ! gronda une voix. Ça pèse une tonne pour le moins, et on s'y arrache les doigts sans l'ébranler d'un poil. Passe-moi la pince-monseigneur, Léon, tu ne sais pas t'en servir ! »

La lutte dura un bon moment encore, puis on entendit un cri de triomphe : « Ça y est ! »

Presque aussitôt la dalle s'abattit sur le sol, si brutalement que toute la chaumière en fut ébranlée.

François et Mick auraient donné cher pour voir ce qu'avait livré la dalle descellée. Mais c'était impossible. Il fallait rester caché à deviner d'après les bruits ce qui pouvait se passer au rez-de-chaussée.

Il n'y eut pas d'exclamation de triomphe.

Mais quelques phrases prononcées sur un ton de déception croissante : « Oui ! c'est bien un puits... Mais l'eau est rudement loin... On n'y voit rien... Passe-moi la lampe... »

Et tout à coup une voix furieuse éclata, la voix de l'étranger :

« Il n'y a aucun passage secret, là-dedans ! C'est un puits, sans plus. Paul n'a pas traversé une nappe d'eau pour cacher ses documents, non ! Repassez-moi le plan. Ce mot ne peut pas être *eau* !

— Je veux bien, patron ! Mais qu'est-ce que c'est alors ? questionna la femme. Ce n'est pas un plan, c'est une devinette ! On ne s'en tirera jamais ! »

La voix de Léon renchérit :

« Je commence à en avoir assez, moi ! On a mesuré et soulevé des dizaines et des dizaines de pierres, d'abord au camp romain et maintenant ici, et on n'est pas plus avancés !

— Assez ! coupa brutalement la voix de l'étranger. Si quelqu'un n'est pas content, il n'a qu'à s'en aller... mais qu'il prenne garde... »

La menace sous-entendue par cette phrase

devait être de taille, car les complices cessèrent de récriminer.

« Ne vous fâchez pas, patron ! dit Mado. Nous sommes dans le coup et nous ne vous lâcherons pas !

— Nous ferons ce que vous voudrez, fit Léon, encore plus cauteleux. Nous démolirons cette cabane pierre à pierre, si vous le croyez nécessaire !

— Inutile ! Je ne vous demande que de déplacer les dalles qui ont la taille indiquée par Paul... »

Ainsi commença pour Mick et pour François une longue épreuve de patience. N'osant remuer, alourdis de crampes, ils écoutaient se répéter les mêmes bruits : des pas, des coups sourds, des han ! Puis l'écho d'une dalle qui retombe et de brefs commentaires : « Rien ! Ce n'est pas là ! Cherchons encore ! »

Après de nombreux essais, tous aussi infructueux les uns que les autres, les hommes allèrent poursuivre leurs recherches dans les communs, laissant la femme dans la chaumière. François crut qu'elle était partie et étendit ses jambes avec un soupir de soulagement. « Qui est là ? C'est Léon ? » cria la femme.

Les deux garçons s'immobilisèrent, plus raides que des barres de fer. Mais peu après les hommes revenaient.

« Rien ! fit le patron. Il faudra retourner au terrain de fouilles.

— Ce ne sera pas facile, remarqua la femme. Il y a ce gamin...

— J'en fais mon affaire ! »

La voix du patron avait claqué sec. François se rembrunit. Guy était-il en danger ? Il serait bon de l'avertir.

« Que faisons-nous maintenant ? demanda Léon.

— Nous partons. Je ne peux plus me voir dans cette chaumière ! Nous y perdons notre temps, c'est sûr ! Et Roger doit s'impatienter. »

Au grand soulagement des jeunes guetteurs, les trois inconnus s'en allèrent après ce petit palabre.

Dieu, qu'il était bon de se redresser et de s'étirer ! Penchés sur le mur croulant, les deux garçons regardaient les lumières s'éloigner dans la lande.

« Maintenant nous pouvons aller retrouver les filles ! dit François presque à voix haute.

— Si nous sommes capables de marcher ! plaisanta Mick en se frictionnant les mollets. En tout cas, nous n'avons pas perdu notre temps. Nous en avons appris des choses !

— Oui ! approuva François. Le mystère s'éclaircit en trois points. *Primo*, un certain Paul a volé des documents précieux — on ne sait pas lesquels, mais qu'importe ! *Secundo*, il les a cachés dans un souterrain connu de lui et situé dans les parages. *Tertio*, l'entrée de ce souterrain est dissimulée sous une dalle d'une dimension définie.

— Et nous connaissons la dimension de cette

dalle, acheva Mick, puisque nous avons vu celle qu'ils ont descellée dans l'étable.

— Conclusion, reprit François : avant de partir, nous prenons la dimension de la dalle et demain nous mettons Guy au courant du secret. Il nous aidera à chercher !

— Tout à fait d'accord ! » s'écria Mick en se dirigeant vers l'escalier, puis il s'arrêta pour commenter : « C'est tout de même curieux de penser que nous sommes entraînés dans cette affaire par la faute d'une collerette de carton mise au cou d'un chien, et que rien ne serait arrivé si Claude n'était pas aussi susceptible pour tout ce qui a rapport à Dago !

— Tu ne vas pas me faire croire que tu le regrettes ! dit François en riant. Allons, avance ! J'ai sommeil !

— Non ! je ne le regrette... », commença Mick en se remettant en marche. Mais il avait complètement oublié le rosier. Il se prit le pied dans une branche traînant à terre et faillit choir dans l'escalier. Sa phrase demeura inachevée...

Après avoir soigneusement relevé les mesures de la dalle sous l'évier et de celle de l'étable, les deux garçons quittèrent la chaumière, se dirigeant droit sur la source, puis de là, au jugé, sur le buisson d'ajoncs.

Ils se trompèrent deux fois avant de trouver celui qu'ils cherchaient, mais un léger aboiement de Dago les remit sur la bonne voie et bientôt ils se faufilaient sous les épines, qu'ils trouvèrent, tant ils avaient sommeil, bien moins agressives qu'au départ.

« Est-ce vous ? Enfin ? » fit la voix endormie de Claude les accueillant. « Comme vous avez été longtemps partis ! Nous n'avons pas fermé l'œil. Oh ! tranquille ! Dago ! Il n'y a pas assez de place ici pour faire le cirque ! François ! dis-nous vite ce que tu as fait ! »

Le buisson d'ajoncs éclairé par en dessous devait être d'un effet curieux dans la lande obscure, mais personne n'était là pour le regarder. Vu de l'intérieur, le spectacle était encore plus étonnant : quatre enfants et un chien, en pleine nuit, les yeux brillants d'excitation, à la lueur de lampes de poche, écoutaient ou se racontaient des faits surprenants.

Mais bientôt les lampes s'éteignirent. Si grande que fût la joie causée par les découvertes des garçons, le besoin de sommeil était plus grand encore. Tassés les uns sur les autres, au fond de leur trou épineux, auditrices et narrateurs s'endormirent pêle-mêle.

Quelques heures plus tard, au moment où le jour commençait à poindre, Dagobert dressa la tête et grogna. Claude s'éveilla aussitôt. Elle tendit l'oreille sans pouvoir saisir aucun bruit suspect. Dago continuait à gronder. François se redressa à son tour et écouta, mais il n'entendit rien non plus.

S'il n'avait été aussi fatigué par sa longue veille, sans doute serait-il sorti voir ce qui inquiétait le chien. Mais il était fatigué, et il faisait si noir sous le buisson qu'il pensa qu'il ne verrait rien dehors.

« Ce doit être une belette ou un hérisson ! »
murmura-t-il, et il retomba endormi.

Peu après, Dago cessa de gronder, et Claude,
rassurée, se rendormit, elle aussi. Il était près de
neuf heures quand tous s'éveillèrent, courbatus
et peu dispos.

« Allons vite nous baigner, décida François.
Cela nous fera du bien. Ensuite, si nous ne
l'avons pas rencontré à l'étang, nous irons avertir Guy ! »

La première partie de ce programme s'effec-
tua agréablement et sans difficulté. Guy n'était
pas dans l'eau, mais personne ne s'en étonna. Il
était vraiment très tard.

Les cinq membres du Club, délassés par un
bon bain et de nouveau absorbés par l'énigme
qu'ils cherchaient à résoudre, devisaient et
chantonnaient gaiement en approchant du terrain de fouilles, lorsqu'un bruit inattendu les
cloua sur place : des sanglots s'élevaient du fond
d'une tranchée, ininterrompus et si lamentables
qu'on en avait le cœur serré.

Annie se sentait presque prête à pleurer
elle aussi, mais François, saisi d'une sorte de
pressentiment, s'élança en appelant : « Guy !
Guy ! »

Au fond de la tranchée, le garçon était affalé
tout de son long, la tête appuyée sur ses bras
repliés et le corps secoué de sanglots.

« Guy ! que s'est-il passé ? Où as-tu mal ? »
cria François en s'agenouillant à côté de lui.

Le garçon ne semblait avoir aucune blessure,
cependant il ne cessait de pleurer.

« C'est Radar ? demanda encore François. Il est blessé ?

— Non ! c'est Guy ! Ils l'ont emporté ! c'est affreux ! Il ne reviendra jamais, je le sais !

— Guy ! Mais c'est toi, Guy ! marmotta François, complètement dérouté. Que racontes-tu ? »

Il était certain désormais que le garçon était fou. Il lui caressa doucement l'épaule pour le calmer.

« Ne pleure pas. Viens avec nous... nous te conduirons chez le docteur ! Viens ! ».

Le garçon se redressa d'un bond, les yeux brillant de colère, le visage tuméfié de larmes. Il cria :

« Mais je ne suis pas malade ! C'est Guy ! Il a été enlevé ! Je ne suis pas Guy. Je suis Hubert, son frère ! Son jumeau ! »

Il fallut à ceux qui l'écoutaient près d'une minute pour comprendre ce qu'il disait et se remettre de leur surprise, Ensuite — évidemment — les choses s'expliquaient toutes seules ! Il n'y avait pas un garçon fou. Il y avait deux garçons normaux. Mais ils se ressemblaient au point qu'on ne pouvait les distinguer.

« Des jumeaux ! répéta Annie abasourdie, pourquoi n'y avons-nous pas pensé ?

— Mais aussi pourquoi n'étiez-vous jamais ensemble ? demanda Claude.

— Parce que nous étions fâchés, fit Hubert en se remettant à pleurer de plus belle. Quand des jumeaux se disputent — se disputent vraiment —, c'est pire que toute autre querelle entre frères ! Nous ne voulions plus nous voir, ni manger, ni dormir ensemble. Nous nous détestions... vraiment ! Je voulais faire comme s'il n'existait plus ! Et lui, c'était pareil ! Il m'avait dit que j'étais mort pour lui !

— En effet, c'était grave ! apprécia François sans s'attarder à comprendre les raisons de cette haine. Mais que s'est-il passé depuis, pour que tu pleures comme ça ?

— Hier soir, Guy m'a dit que notre brouille avait assez duré. Il voulait que nous nous réconciliions. J'ai refusé ! J'ai frappé la main qu'il me tendait et je suis parti... Toute la nuit je l'ai regretté et ce matin... ce matin... »

Une nouvelle crise de sanglots secoua le garçon, lui coupant la parole. Les autres le regardaient, gênés et malheureux.

« Allons, va, dit François doucement en passant son bras autour des épaules du pauvre Hubert. Dis-nous ce qui s'est passé. Nous pourrons peut-être t'aider...

— Ce matin, je me suis levé très tôt..., il faisait à peine jour..., je voulais demander pardon à Guy, me réconcilier avec lui. Et je l'ai vu là où vous êtes..., il se débattait entre deux hommes qui le tenaient chacun par un bras... J'ai couru, je suis tombé dans la tranchée, je me suis fait mal au genou. Je n'arrivais pas à me relever. Je ne pouvais plus courir. Quand je suis arrivé, il n'y avait plus personne ! »

Hubert se détourna et se remit à sangloter tout bas. « Je ne me le pardonnerai jamais, disait-il. Si j'avais accepté de me réconcilier quand il me l'a proposé, j'aurais été là pour le défendre, ce matin... C'est moi qui n'ai pas voulu C'est moi qui l'ai fui... et maintenant... C'est fini ! Je ne le reverrai plus !... »

Chapitre 15

Bravo, Claude !

Claude s'efforça de réconforter le garçon. Elle s'approcha de lui, et l'obligea à s'asseoir sur une pierre pour examiner son genou. Une profonde entaille y avait été faite par un silex tranchant, et tout autour de la plaie la chair était rouge et tuméfiée.

« Je vais essayer de te panser, dit-elle. Ne bouge pas et ne pleure plus. Nous ferons notre possible pour t'aider et retrouver Guy... Je crois que nous savons déjà pourquoi il a été enlevé, n'est-ce pas, François ? »

Hubert lança un regard reconnaissant à Claude et renifla. Elle lui tendit son mouchoir, et en demanda un autre à Mick qui en trouva un dans sa poche, très grand et tout propre. Claude s'en servit pour panser le genou.

« Je te fais mal ? questionna-t-elle.

— Aucune importance », grommela le pauvre garçon et, se tournant vers François, il demanda d'une voix suppliante : « Comment peux-tu savoir pourquoi ils ont enlevé Guy ? Où l'ont-ils emmené ? Oh ! Si je devais ne plus le revoir, je ne me pardonnerais jamais... je...

— Allons ! Ne trempe pas mon mouchoir ! murmura Claude, apitoyée. Parle-nous plutôt de ces gens qui ont emmené ton frère. Tu les avais déjà vus ?

— Oui, deux d'entre eux étaient venus l'autre jour. Ils avaient essayé de m'éloigner pour chercher je ne sais quoi. Je m'étais mis en colère, vous pensez bien, et ils étaient partis.

— Ils ne sont pas revenus ?

— Ils ont dû revenir une fois, le lendemain, c'est-à-dire avant-hier ; mais je n'étais pas là, c'est Guy qui les a reçus. Quand Guy fouillait, je m'en allais. Nous ne voulions plus travailler ensemble, vous comprenez ? Nous avions chacun notre planche pour poser les objets que nous avions découverts et nos heures pour fouiller... Nous faisions chacun comme si l'autre n'existait pas... Oh ! c'est affreux ! Je...

— Oui ! je sais ! interrompit François voyant qu'Hubert recommençait à pleurer. Mais dis-moi, ces gens... ? Comment Guy les a-t-il reçus ?

— Aussi mal que moi, certainement ! Je l'ai entendu se mettre en colère. J'étais dans le champ, là-bas ! Je ne me suis pas dérangé... mais ils sont partis très vite !

— Tu es sûr que ce sont les mêmes qui sont revenus ce matin ? Par où sont-ils partis ?

— Je ne sais pas, répondit Hubert. Ils étaient dans cette tranchée, ici, quand je les ai vus. Après j'ai parcouru tout le camp et les environs sans retrouver la moindre trace. On dirait qu'ils se sont évaporés.

— Ce n'est pas possible ! » affirma Claude.

Elle aurait voulu ajouter quelques mots pour rassurer le pauvre garçon, mais ne les trouva pas. Elle lança un coup d'œil de détresse vers François. Aussi embarrassé qu'elle-même, François se taisait.

Le drame était facile à reconstituer : Guy avait surpris les malfaiteurs retournant les pierres et les dalles de son camp. Il avait voulu les en empêcher. Peut-être même était-il arrivé au moment où les autres avaient enfin découvert ce qu'ils cherchaient. De toute façon, il était un témoin gênant. À cette heure sans doute il était loin, emporté dans une voiture roulant à vive allure vers une destination inconnue. Mais on ne pouvait pas dire cela à son frère.

« Et Radar ? demanda François enfin.

— Disparu, lui aussi », répondit Hubert.

Mick, depuis un moment déjà, fouillait le camp, cherchant des traces dans les tranchées, repérant les fameuses dalles. Les autres l'imitèrent sans rien découvrir d'intéressant. Le terrain très sec, après ces trois jours sans pluie, ne retenait aucune empreinte.

« Nous perdons notre temps, dit enfin François. Il faut retourner à Kernach avertir les gendarmes. »

Mick approuva d'un signe de tête, tandis qu'Annie, toujours pratique, rappelait que le matériel de camp étant resté sous le buisson d'ajoncs, il serait bon de le reprendre au passage.

Claude se contenta de regarder Hubert. Il avait certainement mis beaucoup d'espoir en ses nouveaux amis, car cet aveu d'impuissance parut le décevoir profondément. Il se laissa retomber en larmes sur le bord de la tranchée.

« Allons, ne reste pas à pleurer ici tout seul, fit Claude en le prenant par le bras. Viens dire aux gendarmes tout ce que tu sais ! Cela les aidera.

— Tu crois ? En ce cas, je viens ! Je ferai n'importe quoi pour aider Guy ! Je ne me disputerai plus jamais avec lui..., je...

— Oh ! fit Annie gentiment. Ne répète pas cela tout le temps, tu vas faire pleurer Dago ! »

Hubert lui adressa un sourire pitoyable, et tous se dirigèrent vers la touffe d'ajoncs qui leur avait servi d'abri.

Ce ne fut qu'en retrouvant leurs affaires et en entendant tinter les boîtes de conserve qu'ils s'aperçurent qu'ils mouraient de faim.

« Mais... nous sommes à jeun ! s'exclama Mick. Nous sommes partis nous baigner sans rien prendre, et il est presque dix heures ! C'est affreux. Je vais tomber d'inanition avant d'arriver à Kernach !

— S'il reste quelque chose à manger, mangeons-le, lança Claude. Ce sera autant de moins à porter. »

Hubert, pourtant plus pressé que les autres de faire sa déposition aux gendarmes, ne dit rien.

« Bah ! il n'y en aura pas pour longtemps ! lui glissa Annie à l'oreille. Nous n'en irons que plus vite après. »

François s'était emparé du dernier pain d'épice et le découpait en tranches épaisses sans mot dire. Il s'en voulait de ne pas s'être levé lorsqu'il avait entendu Dago aboyer. C'étaient certainement les ennemis qui passaient alors, en route pour le terrain de fouilles. Si François était sorti à ce moment-là, il aurait pu les arrêter, ou tout au moins les suivre et les empêcher d'emmener Guy ! Mais à quoi bon y penser maintenant ! Il était trop tard !

Claude se disait la même chose. Elle était partie jusqu'à la source pour y chercher de l'eau. Le bruit de la petite cascade la guidait et elle la retrouva sans peine. « Comme j'aime le bruit de l'eau ! » se dit-elle tout haut pour détourner le cours de ses pensées, et tout à coup ce mot « eau » tinta à ses oreilles avec insistance. Qui donc avait parlé d'eau récemment ? Ah ! oui ! c'étaient François et Mick cette nuit. *Eau,* le mot si mal écrit sur le plan ! Et près de l'eau il y avait une dalle !

Claude sursauta. Cette construction de pierres plates qui entourait la source, mais c'étaient aussi des dalles ! Elles étaient trop petites. Quel dommage !

Claude contourna le petit édifice de pierres et

eut un nouveau haut-le-corps. Là, cette grande dalle blanche n'avait-elle pas la même dimension que celle de l'étable ? Mais si ! Soudain, elle fut certaine d'avoir découvert la clef du mystère. Elle laissa tomber le seau de toile qu'elle tenait en main et s'élança en courant, criant à tue-tête : « François ! J'ai trouvé ! viens vite ! »

François, à ce moment, était en train d'expliquer à Hubert ce qu'il savait des mystérieux agresseurs de son frère. L'accent joyeux de Claude lui fit relever la tête avec surprise.

« Tu as trouvé quoi ? demanda-t-il.

— La dalle, voyons ! Viens vite ! »

Tous étaient déjà debout, pleins d'excitation.

« Ce n'est pas possible ! Où ? montre ! »

En une ruée frénétique tous se précipitèrent vers la source. Dago avait fait trois fois le chemin avant que les autres y soient arrivés. Hubert l'atteignit le dernier à cause de son genou qui le gênait pour courir.

Hors d'elle, Claude criait, le bras tendu :

« Là, cette dalle blanche ! Vous voyez ! Si le mot qu'on ne pouvait pas lire sur le plan était bien *eau*, et si la taille de cette dalle est celle...

— Tu as peut-être raison ! » murmura Mick saisi, tandis que François sortait de sa poche la ficelle qui lui avait servi à mesurer les pierres. Il vérifia les dimensions de celle qu'avait remarquée Claude et lança d'une voix entrecoupée par l'émotion :

« C'est bien cela ! Même longueur et même largeur ! Il faut la déplacer ! Il n'est pas impossible du tout qu'elle cache un passage secret. La source peut provenir d'une rivière souterraine et alors...

— Alors nous sommes sauvés ! » hurla Mick cherchant à ébranler la pierre.

Mais elle résista à tous ses assauts. François vint à la rescousse, puis Hubert. Les filles criaient. Dago aboyait. Mais la pierre ne bougeait pas.

« Nous n'y arriverons pas ! fit Mick, rouge et soufflant. Elle est trop lourde et trop bien encastrée ! Il va falloir demander de l'aide !

— Nous y arriverions si j'avais mes outils, dit Hubert. J'en ai remué à moi seul de plus grosses que celle-là ! Attendez, je vais les chercher ! »

Il était déjà parti, boitillant, mais avançant aussi vite qu'il le pouvait.

« Je viens avec toi ! » lui cria François.

En un rien de temps il l'eut rejoint et, soutenant le blessé, il l'entraîna presque en courant.

Les autres, n'ayant plus rien à faire, s'assirent ou plutôt se laissèrent tomber sur le sol.

« Ouf ! fit Mick. Quel travail pour un jour où il fait aussi chaud ! »

Annie se tamponnait le front d'un air songeur.

« C'est drôle que Hubert et Guy soient des jumeaux, dit-elle, et c'est vraiment bête que nous ne l'ayons pas deviné !

— Ce n'est pas notre faute, c'est la leur ! se récria Claude. Ils se conduisaient comme des imbéciles ! Pourquoi ne nous ont-ils rien dit ? Ils voyaient bien que nous les prenions l'un pour l'autre.

— Il fallait qu'ils soient réellement fâchés

pour vouloir s'ignorer à ce point, reprit Annie après un long silence. Comme je comprends le chagrin d'Hubert. Je voudrais pouvoir lui dire que son frère ne risque rien !

— Nous ne savons pas ce qu'il risque, fit Mick. Mais si nous trouvons dans ce souterrain ce que ces gens y cherchent, ce sera sûrement le meilleur moyen d'aider la police à retrouver Guy ! »

François revint bientôt, chargé d'une bonne douzaine d'outils, pics, pioches, pinces, leviers, et Hubert prouva qu'il savait les manier. En un rien de temps la pierre s'ébranla, glissa, culbuta. Un trou béant apparut à l'emplacement qu'elle avait occupé. Les cinq enfants le contemplèrent un instant, pleins d'une silencieuse émotion, puis se précipitèrent tous à la fois. On entendit des têtes se cogner.

« Arrière ! cria François. Laissez-moi regarder. »

Il frotta une allumette et sa flamme éclaira un trou d'ombre dont on ne voyait pas le fond.

« C'est un souterrain ! s'écria Mick jubilant. François, est-ce qu'on l'explore tout de suite ?

— On ne peut pas avant d'avoir élargi l'entrée. Il y a des racines qui bouchent le passage.

— Vite, alors ! » hurla Claude.

Chapitre 16

Le passage secret

L'effervescence était telle que les enfants s'empêchaient mutuellement de travailler. François dut intervenir une fois encore :

« Soyez raisonnables ! s'écria-t-il. Nous ne pouvons pas travailler à cinq pour élargir ce trou. Deux suffisent largement. Hubert, me prêtes-tu tes outils ?

— Oui, si tu me laisses travailler avec toi », répliqua ce dernier. Était-ce l'espoir de découvrir le secret des malfaiteurs qui lui donnait cette énergie nouvelle ? Était-ce sa passion d'archéologue qui s'éveillait à la vue de ce trou plein de mystère ? Il aurait été difficile de le dire, mais ses larmes ne coulaient plus, et il semblait même avoir oublié la disparition de son frère. Le pic en main, il s'acharna sur les grosses racines qui bouchaient l'entrée, et en quelques minutes celle-ci fut dégagée.

Mick et Claude, pendant ce temps, étaient partis chercher les lampes laissées dans les paquetages. Il y en avait en surnombre, si bien que Hubert en eut une aussi.

« J'entre le premier ! décréta François. Attendez que je vous appelle pour venir ! »

Il se glissa dans l'excavation et, tout d'abord, dut se faufiler à quatre pattes dans un étroit passage. Mais bientôt le tunnel s'élargit, prit de la hauteur, François put alors se déplacer normalement tout en restant plié en deux. Le tunnel, à cet endroit, mesurait environ un mètre de hauteur.

Il fit quelques mètres et s'arrêta. Le rayon de sa lampe lui montra que la galerie se prolongeait plus loin sous terre, alors il cria :

« Vous pouvez venir ! Mais tenez-vous les uns aux autres et n'oubliez pas vos lampes. Il fait noir comme dans un four. »

Claude s'élança la première, Annie la suivit, puis Mick, puis Hubert fermant la marche. Dagobert s'était faufilé derrière Claude, naturellement, et la poussait, comme s'il était besoin de l'inciter à aller plus vite.

Ils étaient tous surexcités, et aucun ne pouvait ni se taire ni parler d'une voix normale.

Ce n'était que cris perçants et éclats de rire nerveux.

« Tu veux que je te tire ?

— Oh ! qu'il fait noir !

— Dago, ne pousse pas comme ça !

— Je me fais l'effet d'être un renard qui rentre dans son terrier !

— Ah ! enfin ! je peux me relever !

— Oh ! là ! là ! c'est vaste ici !

— Il devait être d'une belle taille, le lapin qui a creusé ce terrier !

— Ne pousse donc pas, Dago !

— Ce n'est pas un lapin, c'est l'eau qui l'a creusé !

— Accroche-toi à ma ceinture, Hubert, ne reste pas en arrière ! »

Et tous ces cris, toutes ces interjections se croisaient et se confondaient, répercutés par l'écho.

François, plus ou moins courbé selon la hauteur de la voûte, continuait à avancer. La galerie se prolongeait, presque rectiligne, descendant en pente douce et continue. Après un tournant, elle s'élargit encore et il devint possible de se tenir debout.

« Est-ce vraiment le passage que nous cherchons ? demanda Claude. Il semble ne conduire nulle part.

— Nous ne savons pas ce que nous cherchons ! dit François. Je m'attendais comme toi à trouver plutôt une cachette qu'un passage, mais nous ne saurons si nous sommes sur la bonne piste que lorsque nous trouverons un objet caché, quel qu'il soit. »

La marche en avant se poursuivit, coupée d'incidents divers. De façon bien inattendue, des lapins fréquentaient ce lieu, et le bruit de leur fuite sema la perturbation dans le petit groupe, jusqu'au moment où le rayon d'une lampe électrique fit briller, au ras du sol, des paires d'yeux terrorisés.

« Ils ont eu encore plus peur que nous, dit François en riant. Leurs terriers doivent aboutir dans ce souterrain. »

Puis ce fut un bruit d'eau qui surprit tout le monde. Une rivière souterraine — plus filet d'eau que rivière — passait là, traversant le tunnel soudain élargi en une sorte de salle ronde, assez vaste.

Les enfants se tassèrent sur la rive. L'eau sombre gargouillait à leurs pieds au fond d'un lit qu'elle se creusait depuis des siècles, et allait ensuite se perdre mystérieusement, sur la gauche, dans un trou noir.

« Curieux ! » fit Mick ; mais Hubert intervint :

« Oh ! non ! assura-t-il, c'est assez fréquent dans la région. Il y a tout un réseau d'eaux souterraines par ici. Les unes jaillissent en sources et les autres aboutissent à des rivières. Il y en a aussi qui vont se jeter directement dans la mer ou se perdre on ne sait où.

— En tout cas, fit remarquer François, le souterrain, lui, semble bien se perdre ici ! »

Des exclamations variées saluèrent cette réflexion que personne ne s'était encore faite.

« Alors, c'est ici qu'il faut chercher *la chose* ? demanda Annie, perplexe.

— Peut-être ! Mais on peut aussi chercher un passage. »

Les cinq enfants se séparèrent, chacun fouillant de son côté. La lueur des lampes faisait briller sur les voûtes immobiles des plaques humides.

Soudain la voix de Mick s'éleva, vibrante :

« Ici ! Ici, il y a une sortie ! »

Et au même moment la voix d'Annie jaillit de l'autre bout de la salle !

« Il y en a une par ici aussi !

— Ça se complique ! s'écria Claude en riant. Laquelle faut-il prendre ?

— S'il y a deux chemins possibles, répondit François, il est probable que l'individu — comment s'appelle-t-il ? Paul ? — a laissé des indications sur la route à suivre. Sinon, comment aurait-il pu espérer que d'autres retrouvent *la chose* ?

— Exact ! » approuvèrent des voix émanant des deux extrémités de la grotte.

Quelques secondes s'écoulèrent puis, de nouveau, la voix de Mick retentit.

« C'est le mien qui est le bon ! Il y a une flèche blanche tracée à la craie sur la paroi.

— Bravo ! s'exclama François en se rapprochant. Cette flèche est doublement précieuse. D'abord elle nous indique la route à suivre. Ensuite, et surtout, elle nous prouve que nous sommes sur une véritable piste qui doit conduire à quelque chose. »

La file se reforma et repartit, plus ardente que jamais. Le nouveau boyau était large et facile à suivre. Les glouglous de la petite rivière ne furent bientôt plus perceptibles.

« Quelqu'un a-t-il une idée de la direction que nous suivons ? » questionna François, toujours en tête.

Hubert sortit de sa poche la boussole qu'il avait déjà consultée plusieurs fois.

« Plein sud, dit-il. Je crois que nous nous dirigeons vers le camp romain. Rien d'étonnant. Papa nous a montré, à Guy et à moi, une reconstitution du camp. Plusieurs souterrains y étaient sommairement indiqués. Mais il nous avait défendu de nous y aventurer, à cause du danger des éboulements... »

Claude admira le garçon qui avait pu résister à l'envie d'explorer un souterrain, mais un nouvel incident de route vint détourner ses pensées. Le passage bifurquait en deux tronçons. L'un très large, l'autre très étroit, François, sans hésiter, s'était engagé dans le plus large et il venait de s'arrêter devant une paroi de roche, sans aucune faille.

« Demi-tour ! cria-t-il. Nous nous sommes trompés. Il fallait prendre l'autre passage. »

Ce demi-tour donna à Dago l'idée qu'il pourrait, lui aussi, mener la file, et il bouscula l'un après l'autre tous les explorateurs, au risque de les faire tomber.

Hubert, dernier devenu premier, rejoignit en même temps que lui la bifurcation et éclaira la paroi du passage le plus étroit : une flèche blanche y apparut, très distincte.

« Sommes-nous bêtes ! s'écria Mick. Si nous ne regardons même pas les poteaux indicateurs, comment arriverons-nous au but ? Passe devant, François, et sois plus attentif. »

François s'engagea dans ce nouveau tunnel. Il était vraiment très étroit, et on ne pouvait y avancer sans se cogner les coudes et les chevilles. Il y eut des « Ah ! » et des « Oh ! » de détresse, mais la file continua sa progression. Tout à coup, nouvel arrêt.

« Encore une impasse ! s'écria François.

— Pas possible ! riposta Mick. Regarde bien !

— Il doit y avoir une flèche quelque part ! ajouta Hubert. Cherche ! »

Il y eut quelques instants de silence, puis François leva la tête et poussa un cri :

« La suite du passage doit se trouver à l'étage au-dessus. Je vois une flèche. Elle est tout là-haut en direction d'une ouverture.

— Il doit y avoir un moyen d'y accéder, dit Claude. Tiens, regarde. Là ! Il y a comme des marches creusées dans le mur. Et elles montent jusqu'au trou !

— Tu as raison. On doit pouvoir se hisser par là ! Et puisque c'est toi qui as découvert le chemin, passe la première. Je t'aiderai ! »

Claude était enchantée de cette permission. La poignée de sa lampe entre les dents, elle s'agrippa des mains et des pieds, et commença l'escalade.

L'aide que lui apportait François en la poussant était appréciable ; en fort peu de temps Claude se retrouva rampant sur le sol d'une petite plate-forme à deux mètres au-dessus de ses compagnons.

144

Elle éclaira rapidement les lieux et cria :

« Venez ! Il y a quelque chose de noir sur un rebord là-haut, ça doit être ce que nous cherchons. Venez vite ! »

L'un après l'autre, tous se hissèrent aussi vite qu'ils purent au long des marches et se retrouvèrent, pleins de joie et couverts de poussière, dans une sorte de petite grotte.

Dago lui-même avait été poussé et tiré le long de la paroi, et ce fut lui qui donna le plus de mal à hisser. Ses pattes dérapaient en tous sens. Hubert, malgré son genou blessé, s'était montré très habile à ce sport, qu'il avait maintes fois pratiqué avec son père et son frère.

Quand ils furent tous en haut, Claude dirigea le rayon de sa lampe sur la chose noire qu'elle avait remarquée au fond d'une anfractuosité. Une grande flèche blanche avait été tracée au-dessus pour attirer l'attention de ce côté. Claude n'eut qu'à enfoncer son bras et triomphalement elle ramena l'objet : un vieux sac de cuir.

« J'espère qu'il y a quelque chose dedans ! s'écria-t-elle. Il paraît bien léger.

— Ouvre ! Ouvre vite ! » hurlaient les autres.

Mais Claude ne pouvait ouvrir le sac.

Il était fermé à clef, et il n'y avait pas de clef.

Chapitre 17

De surprise
en surprise

« Impossible de l'ouvrir ! » déclara François, après s'être vainement escrimé sur la serrure.

Il prit le sac par le fond et le secoua vigoureusement, dans le non moins vain espoir de voir son contenu se répandre sur le sol.

Mick était très déçu.

« Qui sait ? dit-il. Le fameux Paul peut fort bien avoir raconté aux autres qu'il a laissé dans ce sac les documents — ou je ne sais quoi qu'il a volé — et les avoir emportés et mis ailleurs...

— Évidemment, s'exclama Claude, c'est aux autres qu'il aura voulu jouer cette farce, mais c'est nous qui en serons les victimes ! Je ne veux pas croire que cela puisse être vrai ; il faut l'ouvrir et voir ce qu'il y a dedans !

— Mais comment veux-tu l'ouvrir ?

— Avec un couteau, parbleu ! »

Mick fit un essai, qui se révéla inefficace. Le cuir était si épais que son canif ne parvenait pas à l'entamer.

« Il n'y a qu'un seul remède, dit François avec beaucoup de philosophie : nous dire que les documents sont là, et faire comme s'ils y étaient ! Si nous nous trompons, nous le saurons toujours assez tôt.

— C'est vrai », firent quelques voix mornes.

Tous regardaient avec dépit le sac tentateur. Combien de temps leur faudrait-il attendre avant de savoir si leurs efforts étaient couronnés de succès ou non ?

« Et que faisons-nous maintenant ? questionna Claude d'un ton boudeur. J'aimerais bien sortir d'ici. Un peu d'air frais ne ferait pas de mal.

— Tout à fait d'accord ! » François s'efforçait de cacher sa déconvenue sous un sourire qui ne trompait personne. « Mais avant d'avoir le droit de respirer, il nous faut refaire en sens inverse tout le chemin que nous venons de parcourir, et ce sera long ! »

Claude commençait à dire qu'elle n'en aurait jamais le courage, lorsque Annie l'interrompit.

« Regardez ! s'écria-t-elle, tous ces traits ! Cela doit avoir une signification... »

Son regard fureteur toujours en éveil avait découvert sur la paroi rocheuse de nouvelles flèches à la craie, curieusement tracées : l'une descendait en direction de l'excavation qui leur avait servi d'entrée, et une autre ligne de flèches indiquait, en direction opposée, le mur en face.

« Faut-il croire que ces gribouillages sont destinés à tromper les curieux ? demanda Mick, perplexe. Nous savons bien qu'il faut sortir par où nous sommes entrés !

— À moins que l'autre série de flèches n'indique une autre sortie ! »

Claude, qui venait de parler, commença à inspecter la muraille dans cette direction nouvelle. Les autres l'imitèrent, mais personne ne trouva rien.

« Où est Dago ? s'écria Annie tout à coup. Il n'est plus ici ! Pourvu qu'il ne soit pas tombé dans le couloir d'en dessous !

— Impossible ! riposta Claude. Il n'est pas si bête ! Et puis nous l'aurions entendu tomber et gémir. »

Elle se pencha pourtant au-dessus de la cavité, essayant d'en éclairer le fond avec sa lampe de poche. Les autres, plus surpris que réellement inquiets, lançaient à qui mieux mieux cris, appels et coups de sifflet. Un aboiement étouffé apporta une première réponse puis, soudain, Dago fut là, jailli si mystérieuse-

ment qu'on aurait pu croire à un tour de presti-
digitation.

En le voyant, Claude poussa un cri de joie et
se dirigea vers l'endroit où il était apparu.
Presque aussitôt, elle poussa un second cri, de
surprise celui-là.

« Oh ! quels idiots nous sommes, dit-elle.
Regardez ! Derrière ce pan de rocher, il y a un
passage ! Et aucun de nous ne l'a vu.

— C'est vrai qu'il n'est pas large ! remarqua
Annie.

— Il n'était pas facile à découvrir, ajouta
Mick, admirant combien l'étroite faille se
confondait dans l'ombre environnante. Mais
cela nous donne une indication précieuse sur le
dénommé Paul.

— Laquelle ?

— C'est qu'il n'est pas gras ! Seul un individu du genre anguille peut se faufiler par là !
Je ne sais même pas si François pourra y passer !

— Pourquoi ne pas essayer ? demanda
Claude qui avait retrouvé tout son entrain. C'est
très certainement une sortie !

— Rien ne prouve que ce chemin sera plus
court et plus facile que l'autre ! » objecta François.

Mais Hubert ne partageait pas cet avis.

« Il ne peut pas être plus long, fit-il remarquer
d'une voix douce. Pour autant que j'aie pu me
repérer dans ce boyau tordu, nous ne devons
plus être loin du camp romain. C'est vraisem-
blablement là que conduit ce nouveau passage,

149

quoique je n'aie aucune idée de l'endroit exact où il peut aboutir. »

Mick se souvint alors du grand trou caché par une dalle qu'il avait découvert dans le camp, grâce à un petit lapin. Qu'avait dit Guy à ce sujet ? Que c'était une cave qui avait servi à entreposer des provisions ?

Il demanda l'avis d'Hubert.

« Je n'y avais pas pensé, dit celui-ci. Laisse-moi réfléchir. Oui, ces caves avaient souvent un double emploi : stockage des denrées et passages secrets permettant de se rendre d'un point à un autre à l'insu de l'ennemi. Je crois que tu as raison, Mick. Il peut fort bien y avoir un souterrain aboutissant à ces caves. Pour des archéologues, c'est sans intérêt, mais pour nous c'est différent. Si nous pouvons sortir par là, nous nous épargnerons bien des pas inutiles.

— Alors, allons-y ! décréta François. Essayons ! »

Et, le premier, il se glissa dans l'étroite cavité. Les parois étaient si rapprochées l'une de l'autre qu'il faillit y renoncer.

« Tu ne devrais pas manger tant ! plaisanta Mick. Faut-il que je te pousse ? »

François ne répondit que par un grognement étouffé. Au prix de quelques écorchures à sa peau et déchirures à son short, il parvenait à gagner du terrain. Le passage difficile était heureusement très court. Venait ensuite une sorte de couloir en ligne droite où il était possible de se déplacer normalement.

« Vous pouvez venir ! cria François. Il y a assez de place ici pour que je règle son compte au premier qui osera parler de mon appétit. »

Malgré cette menace, tous, en riant, se précipitèrent à sa suite et, étant plus jeunes et plus minces, éprouvèrent fort peu de difficulté pour le rejoindre.

La marche dans les ténèbres reprit ensuite sans incident pendant une centaine de mètres, pour devenir soudain plus difficile. Le terrain s'abaissait en pente raide. Les enfants culbutaient les uns par-dessus les autres, et Dago, entraîné par son poids, ne pouvait s'empêcher de courir. Et puis tous s'arrêtèrent.

Un infranchissable obstacle se dressait devant eux. Non pas cette fois une paroi rocheuse, mais, plus inquiétant encore, un éboulement de terrain.

« Cette fois ça y est, grogna Mick. Nous sommes bloqués ! »

L'éboulement était impressionnant à voir. Des blocs de rochers, mêlés de terre et de cailloux tombés de la voûte, obstruaient complètement le passage. Il n'y avait aucun espoir de franchir cet amoncellement de pierraille. Une seule solution restait possible : faire demi-tour et s'en retourner en sens inverse.

« Quelle déveine ! » s'écria Mick en donnant un violent et bien inutile coup de pied dans les déblais.

« Ne nous attardons pas ici, ordonna François. La pile de ma lampe est presque morte et celle de Claude ne vaut guère mieux. Repartons par où nous sommes venus et ne perdons pas de temps. »

On lui obéit à contrecœur. Après s'être cru si près de la sortie, il était dur de penser à tout le chemin qu'il fallait refaire, avec tant de passages difficiles, d'escalades, de pentes et de croisements avant de retrouver la clarté du soleil.

« Allons, viens, Dago ! » cria Claude, voyant que son chien ne la suivait pas.

Mais Dago refusa d'obéir. Il se tenait face à l'éboulis, l'air inquiet, la tête inclinée de côté, les oreilles droites. Puis, soudain, il émit un aboiement, qui se répercuta sous la voûte de si étrange façon qu'il fit sursauter tout le monde.

« Silence, Dago ! ordonna Claude, presque en colère. Qu'est-ce qui te prend ? S'il y a un crapaud, laisse-le tranquille et viens ! Nous sommes pressés ! »

Mais Dago ne venait pas. À coups de pattes rapides, il attaquait le formidable tas de pierraille devant lui, en émettant des petits jappements brefs : « Ouaff ! ouaff ! ouaff ! »

« Qu'est-ce qu'il a ? » murmura Claude surprise, tandis que François essayait d'entraîner le chien en le saisissant par son collier.

Dago n'en tint aucun compte. Fébrilement, de ses pattes de devant, il continuait à gratter la terre qu'il rejetait au loin, c'est-à-dire sur ceux qui l'entouraient.

« Il y a quelque chose qu'il veut atteindre derrière ce remblai, marmonna Mick, quelque chose ou quelqu'un... Si seulement tu pouvais l'empêcher d'aboyer, Claude, nous pourrions écouter et peut-être entendre ce qu'il a entendu. »

Il fut difficile de faire taire le chien, mais Claude y parvint. Pendant quelques secondes, le silence s'établit dans le souterrain, puis très vite il fut rompu par un autre bruit, lointain et étouffé, mais sur la nature duquel il était impossible de se méprendre : c'était un jappement de chien.

« C'est Radar ! hurla Hubert. Et si Radar est là, Guy n'est pas loin ! Il ne le quitte jamais ! Guy ! m'entends-tu ? »

Mais si la réponse vint, on ne put l'entendre. Les cris d'Hubert avaient déchaîné Dago qui donnait de la voix tant qu'il pouvait, et se remettait à gratter la terre plus frénétiquement que jamais.

« Qu'est-ce que Guy peut faire là ? demandait Hubert. Est-il blessé ? »

Mais nul n'entendait ses anxieuses questions auxquelles nul, d'ailleurs, n'aurait su que répondre.

La voix de François, hurlant de toutes ses forces, domina un moment tous les autres bruits.

« Puisque nous entendons Radar, disait-elle, c'est qu'il n'est pas très loin. L'épaisseur de l'éboulement est sans doute moindre qu'elle ne paraît. Essayons de le déblayer.

Nous pouvons travailler à deux à la fois en nous relayant. Pas plus, parce que le passage est étroit. »

Dagobert ne céda pas sa place, mais à côté de lui Hubert et François pouvaient, en se serrant un peu, s'acharner sur les blocs de roches et parvenir à les faire glisser. Puis Mick et Claude les remplacèrent. Les doigts s'écorchaient vite sur les arêtes tranchantes des pierres, et le travail était pénible ; mais il eut un résultat plus rapide que prévu : un affaissement se produisit qui dégagea le sommet de l'éboulis.

Mick se précipita à l'escalade. François le retint.

« Attention, espèce d'âne ! lui dit-il. La voûte n'est pas solide à cet endroit. Si tu provoques un nouvel éboulement, tu te feras enterrer dessous... »

Il n'avait pas fini sa phrase qu'une petite silhouette apparut au sommet du talus et glissa vers eux, jappant joyeusement, et agitant sans répit une longue et mince queue.

« Radar ! Oh ! Radar ! Où est Guy ? » cria Hubert, tandis que le petit fox se frottait à ses jambes et lui léchait les mollets.

« Guy ! hurla François. Es-tu là ? »

Une voix éteinte lui répondit : « Oui ! Qui est-ce ? » Trois mots qui déclenchèrent une cacophonie de voix joyeuses mêlées d'aboiements non moins enthousiastes :

« C'est nous ! C'est moi ! Nous arrivons ! Ce ne sera pas long ! »

Dagobert, comme pour indiquer le chemin, avait déjà monté et descendu tant de fois le talus que le passage y était tout tracé. Chacun l'escalada en riant et se coula prudemment sous la voûte en évitant de l'effleurer.

La lueur des lampes éclaira l'autre versant de l'éboulis. Comme il était facile de le prévoir, le souterrain s'y poursuivait, égal en hauteur et en largeur à ce qu'il avait été jusqu'alors. Quelques mètres plus loin, Guy se tenait assis contre la muraille, le regard brillant, la figure très pâle.

« Oui ! cria-t-il en réponse aux questions qui pleuvaient sur lui du haut du talus. Je vais bien ! sauf ma cheville, mais ce n'est pas grave ! Comme je suis content de vous voir tous ! Venez vite ! »

À peine arrivé, Hubert se jeta sur son frère.

« Oh ! Guy ! Guy ! criait-il. Que t'est-il arrivé ? Dis que tu me pardonnes. Je m'en veux tellement... »

François le prit par l'épaule et l'écarta doucement.

« Fais attention à ce que tu fais, lui dit-il. Regarde-le ! Il s'est évanoui ! Tu lui parleras plus tard. Sois raisonnable. »

En même temps, il agitait son mouchoir, en guise d'éventail, au-dessus de la tête du blessé qui ne tarda pas à rouvrir les yeux.

Il sourit faiblement.

« Ce n'est rien, dit-il. C'est passé. Mais j'espère que je ne rêve pas... Vous êtes ici... c'est bien vrai ?

— Vrai de vrai ! assura Mick. Et pour preuve voilà un bout de chocolat..., mange-le ! c'est le meilleur moyen de t'assurer que tu ne rêves pas ! »

Vers la sortie

Quelques biscuits ajoutés à la tablette de chocolat rendirent des forces au blessé, et il put bientôt raconter son aventure, assez semblable à ce qu'avaient imaginé ses amis,

Réveillé au petit jour par les aboiements de Radar, il s'était levé pour voir quel événement insolite les motivait. Trois hommes et une femme s'étaient introduits dans l'ex-camp romain. Ils enjambaient les tranchées, soulevaient les pierres et discutaient à voix haute.

Au moment où Guy arrivait, un des hommes achevait de déplacer une grande dalle — celle qui fermait l'entrée de la cave aux provisions —, et, avec un énorme cri de joie, appelait les autres :

« Ça y est ! J'ai trouvé ! Le souterrain débouche ici ! »

Les cris et les menaces du jeune archéologue n'avaient arrêté personne. Radar, mordillant les souliers et les bas de pantalon des intrus, avait été brutalement repoussé à coups de pied. Alors Guy avait tenté de s'interposer, défendant à la fois son chien et son terrain. Mais que pouvait-il seul contre quatre ? Quelques instants plus tard, il gisait au fond d'une tranchée, étourdi par un violent coup sur la tempe.

« Quelles brutes ! s'exclama Mick, hors de lui. Si j'avais été là... »

Mais les autres le firent taire. Ils voulaient connaître la fin de l'aventure, et Guy ne se fit pas prier pour continuer :

« J'ai vaguement entendu un des hommes dire : "Au diable ce gamin ! Si nous le laissons ici, il ira chercher du secours, et nous ne pourrons pas faire ce que nous avons à faire." Et un autre a répondu : "Emmenons-le avec nous ! et tant pis pour lui !" Alors, ils m'ont ramassé et m'ont conduit jusqu'à l'entrée de la cave que vous connaissez. J'avais repris connaissance et j'essayais de me débattre...

— C'est à ce moment que je t'ai vu ! murmura Hubert avec un sanglot. J'ai couru et je suis tombé. »

Cette seconde interruption souleva un concert de protestations. « Laisse-le finir ! Vous vous

158

expliquerez plus tard ! Alors ils t'ont entraîné dans le souterrain... ? Et ils t'ont conduit ici ? Où sont-ils allés ? Que cherchaient-ils ? »

Guy sourit.

« Si vous parlez tous à la fois, comment voulez-vous que je m'explique ? Laissez-moi vous dire les choses dans l'ordre, il n'y en a plus pour longtemps. À l'entrée des caves en question la pente est raide, et tout de suite après elle tombe à la verticale, comme un puits. J'ai cru que les hommes allaient renoncer à leur projet, mais non ! Ils avaient une grosse corde. Ils l'ont fixée solidement à une saillie de la roche et ils m'ont contraint à descendre avec eux. Je criais, je me débattais, je ruais, je m'agrippais partout, mais ils étaient plus forts que moi. Ils m'ont entraîné. La femme, seule, est restée là-haut. Elle ne voulait pas descendre et a dit qu'elle préférait faire le guet, cachée derrière un buisson.

— Mais je ne l'ai pas vue ! s'exclama Hubert.

— Chut, laisse parler ton frère !

— C'est dans cette descente que je me suis blessé, poursuivait Guy. Le puits est profond. Je suis tombé et je me suis blessé à la cheville. Foulée ou cassée, je ne sais pas ! J'avais si mal que je n'avais plus besoin de me forcer pour hurler. Mais personne ne pouvait plus m'entendre, et eux continuaient à me bousculer en m'ordonnant de me taire et d'avancer.

— Les brutes, répéta Mick. Ah ! les brutes !

— Après, je ne sais plus très bien ce qui s'est

159

passé. J'ai dû me trouver mal, et reprendre conscience de temps en temps. Je ne sais même pas comment je suis venu ici, mais je me souviens qu'à un moment les hommes étaient là, pestant contre cet éboulement de terrain qui leur barrait la route. Je crois aussi qu'ils ont parlé d'aller chercher des outils, et puis plus rien ! Plus tard, j'ai senti que Radar me léchait la figure. J'étais seul avec lui, et puis je vous ai entendus m'appeler... »

François n'écoutait plus.

Il s'était redressé, et si une lampe avait alors éclairé son visage, on aurait pu remarquer qu'il était assez pâle.

« Mais si les hommes sont partis chercher des outils, s'écria-t-il, c'est qu'ils vont revenir ! Ils vont nous trouver ici ! »

Cette phrase, déduction logique de ce qui venait d'être dit, déclencha un moment de panique. Des regards angoissés s'échangèrent dans l'ombre, et Annie tourna la tête vers la suite inexplorée du souterrain, comme si elle y voyait déjà surgir les trois brutes armées de pelles et de pioches. Perspective qui n'avait rien de séduisant ! Les enfants n'avaient aucun moyen de se défendre. Aucun moyen de s'échapper.

« Il faut partir avant qu'ils ne reviennent ! s'exclama Mick. Est-ce que ce trou par lequel tu es tombé est encore loin ? Est-ce qu'ils ont laissé la corde ? »

Mais personne ne pouvait lui répondre, Guy

160

pas plus que les autres, puisqu'il avait fait ce chemin sans en avoir conscience.

Hubert intervint.

« Guy ne peut pas marcher, dit-il, et il nous serait impossible de le porter pendant tout le long chemin que nous avons suivi pour venir jusqu'ici. S'il nous reste une chance de nous échapper, elle ne peut être que de l'autre côté. »

François ne répondit pas. Il s'était agenouillé auprès de Guy et examinait sa cheville enflée en faisant appel à ses souvenirs d'aide-secouriste.

« Je ne crois pas qu'elle soit cassée, dit-il. Seulement foulée, je vais la bander serré. Il me faudrait deux grands mouchoirs. Qui en a ? »

Le pansement fait, Guy se redressa et essaya de poser son pied à terre.

« Ça ira ! grogna-t-il en serrant les mâchoires pour retenir un cri de douleur. Mais je ne pourrai pas faire des kilomètres.

— Appuie-toi sur moi, dit Hubert en lui offrant son épaule. Le passage est assez large ici pour marcher à deux de front.

— En route ! » s'écria vivement François, qui craignait de voir les filles s'apitoyer sur le blessé. « Dago et Radar, passez devant ! Et prévenez-nous si vous voyez arriver quelqu'un. »

La marche était aisée dans ce corridor large et bien nivelé. Guy avançait en sautant sur un pied, mais en maintenant une bonne cadence de marche. Derrière lui Mick réfléchissait tout haut.

« Si les hommes avaient pris tes outils ou ceux d'Hubert, ils seraient déjà de retour...

— Ils ont pu aller les chercher ! dit Guy en ricanant, ils ne les auront pas trouvés. On nous les a déjà volés une fois et, depuis, nous les cachons si bien que personne ne saurait dire où ils sont ! »

Soudain, François, qui marchait en tête, poussa un cri de joie : « Ah ! enfin ! Je crois que je vois le jour ! »

Toutes les lampes s'éteignirent aussitôt et, au ras du sol, quelques roches se détachèrent de l'obscurité, vaguement éclairées par une lumière grisâtre qui tombait d'en haut.

« Sauvés ! » s'exclama Annie dans un cri de délivrance.

Mais ils n'étaient pas encore sauvés.

Le couloir aboutissait à une sorte de salle ronde sans plafond, assez semblable au fond d'un puits.

« Ils ont laissé la corde ! remarqua Guy. Je la vois qui pend ! Quelle chance !

— Oui, mais jamais les filles ne pourront se hisser par là ! » marmonna Mick en examinant la paroi abrupte et la corde très mince.

« Nous avons une corde à nœuds ! s'écria Hubert. Elle est avec nos outils. Laisse-moi monter le premier et j'irai la chercher.

— Pas le temps ! coupa François brièvement.

— Mais je suis très capable de grimper à cette corde, répliqua Annie. À l'école je...

162

« — Ce n'est pas la même chose ! Pourtant, il faudra bien que tu essaies de t'en tirer ! »

Si Claude n'était pas intervenue dans la discussion, c'est qu'elle avait trouvé mieux à faire. Empoignant la corde, elle commençait à se hisser à la force des poignets.

« C'est facile ! cria-t-elle. Annie y arrivera sans peine ! »

Les jambes serrées autour de la corde, se hissant d'une main puis de l'autre, la fillette grimpait comme un singe et ne tarda pas à reprendre pied en haut de l'excavation.

« Sois prudente ! lui ordonna François. Pendant qu'Annie monte, surveille les environs et si tu "les" vois revenir, siffle un petit air.

— Compris ! »

Claude disparut, tandis qu'Annie, à son tour, empoignait la corde. Cette épreuve de gymnastique n'était pas aussi facile qu'à l'école, où la grosse corde du portique offrait une prise solide sous les doigts. Mais Annie était poussée par le violent désir de faire preuve d'adresse devant les garçons, autant que par la crainte du danger menaçant.

« Je ne vois personne, revint bientôt annoncer Claude, et ce n'est pas étonnant. Pour trouver des outils dans cette lande, il faut aller loin. D'ici à Kernach, il n'y a guère que les Le Meur, et s'ils n'étaient pas chez eux... »

Après Annie, c'était Guy à présent qui se hissait hors du puits. Son frère lui avait offert de le tirer d'en haut, mais il s'y était refusé. Son pied droit inutilisable, il ne lui restait que ses poignets pour se soutenir et, affaibli comme il l'était, l'effort qu'il fournissait se trahissait, malgré lui, par son souffle court et haletant, et par de grosses gouttes de sueur perlant sur son front. Il parvint enfin au sommet, au grand soulagement de tous.

Hubert et François le suivirent. Puis on procéda à l'enlèvement des chiens. Enveloppés dans les chemises des garçons et attachés à la corde, ils furent hissés par François et Hubert. Pour Radar l'opération fut facile, mais Dago était lourd et il eut la fâcheuse idée de vouloir aider à la manœuvre. Le mouvement de ses pattes fit tournoyer la corde qui l'entraîna dans une ronde sans fin. Cela aurait pu être risible à tout autre moment, mais les circonstances étaient trop graves pour que personne eût envie d'en rire.

Enfin Mick, le dernier, grimpa, et tous se retrouvèrent sains et saufs à l'air libre. La chaleur du soleil les surprit et, après l'effort qu'ils venaient de fournir, ils auraient vivement souhaité s'asseoir et prendre un instant de repos. Il n'en fut pas longtemps question.

Dago, qui s'était allongé sur le sol, haletant et la langue pendante, redressa bientôt les oreilles et aboya sourdement.

« Chut ! Dago ! lui dit François. Tais-toi. »

Le sac noir si léger, qu'il tenait sous le bras, lui parut soudain devenir pesant.

« Quelqu'un vient ! souffla-t-il. Ce sont sûrement ces hommes, de retour avec leurs outils. Cachons-nous vite ! »

L'ordre était inutile. Tous avaient compris, sauf Radar qui se mit à japper. Guy le fit taire et, quelques secondes plus tard, les six enfants et les deux chiens avaient disparu. Les cachettes étaient faciles à trouver dans ce lacis de tranchées profondes. À condition de ne pas bouger et de ne faire aucun bruit, on pouvait espérer échapper à l'attention des arrivants.

Un bruit de voix s'éleva bientôt dans le silence environnant. Aucun des enfants n'osa redresser la tête pour regarder ceux qui approchaient, mais Mick et François reconnurent l'un des arrivants à son accent.

« Jetez les pelles et les pioches dans le trou, disait cette voix. Vite ! Nous avons perdu trop de temps. Descends le premier, Léon, la corde est là. Je te suis. »

On entendit le bruit des outils s'entrechoquant en tombant dans le souterrain, puis quelques paroles permirent de suivre la suite des opérations. Ils descendaient en se laissant glisser le long de la corde, se hâtant de crainte d'être surpris. Pas une fois on n'entendit la voix de la femme. Elle ne devait pas être là.

Quand tous les bruits de voix, de pas et de chutes de pierres eurent cessé, un sifflotement lancé par François fit surgir six têtes hors des cachettes.

« Vite ! Sauvons-nous à présent ! »

Sans bruit, les talus des tranchées furent escaladés, et les enfants s'élancèrent à travers la lande, les chiens à leurs talons. Comme il était bon de courir librement, en laissant derrière soi

le danger et l'ombre humide des souterrains !
Pourtant, à peine avaient-ils fait une centaine de
mètres qu'ils s'arrêtèrent. Où était François ? Il
n'avait pas suivi les autres... Que faisait-il donc ?

Chapitre 19

Retour à la villa des Mouettes

Ce que faisait François était très simple : il était allé au bord du trou par lequel avaient disparu les mystérieux ennemis, et là, accroupi contre le rocher où avait été fixée la corde, il la dénouait. Un instant plus tard, il se redressait, tirait la corde à lui et l'enroulait autour de sa taille. Un sourire ironique et satisfait flottait sur ses lèvres.

« Je regrette de ne pas voir la tête qu'ils feront quand ils voudront ressortir et ne trouveront pas la corde », pensait-il en même temps. Puis il s'en fut en courant rejoindre le groupe arrêté pour l'attendre.

« Que faisais-tu ? lui demanda Claude, déjà presque inquiète.

— Je souhaitais bon voyage à nos amis, dit François en riant. Ils en ont besoin, car trois bien mauvaises surprises les attendent au cours de leur excursion.

— Lesquelles ?

— Eh bien, la première sera de ne pas retrouver Guy ; la deuxième, quand ils auront bien peiné pour passer sous les éboulis, de ne pas retrouver le sac dans sa cachette...

— Et la troisième ?

— D'être obligés de rester dans le trou jusqu'à ce qu'on vienne les en tirer..., faute de corde pour en sortir ! »

Claude admira son cousin. Elle n'avait pas pensé à cette suprême astuce, et c'était pourtant un moyen aussi simple qu'efficace de capturer les coupables.

On mit assez longtemps à rejoindre la fameuse touffe d'ajoncs où se trouvait encore tout le matériel des campeurs. Guy n'avançait qu'à grand-peine, à cloche-pied, prenant appui d'un côté sur son frère, de l'autre sur Mick.

Mais en apercevant sa bicyclette, Claude eut une idée. Elle la prêta au blessé qui, pédalant avec un seul pied, parvint malgré les touffes de bruyères à maintenir son équilibre. Ce fut lui désormais qui tint la tête de la file. Une autre bicyclette fut prêtée à Hubert et la troisième servit au transport du matériel.

« Nous rentrons aux Mouettes directement, décida François, et nous demanderons à tante

Cécile d'appeler les gendarmes par téléphone. Je veux que le sac soit ouvert devant nous...

— J'espère qu'il ne sera pas vide ! soupira Annie. Il est vraiment d'une légèreté inquiétante.

— Il faut attendre pour savoir, riposta philosophiquement François tout en balançant le sac à bout de bras. J'ai grand-peur que ce Paul n'ait joué un double jeu...

— Comment cela ?

— S'il voulait se débarrasser de ses complices, il ne s'y serait pas pris autrement. Leur remettre un plan difficile à interpréter, simuler la folie et les lancer sur la piste d'un sac vide, cela lui donnait tout le temps de partir où il lui plaisait en emportant les vrais documents ! »

Annie, qui n'était pas assez rouée pour imaginer pareilles manigances, prit un air navré.

« Mais alors ! s'écria-t-elle, tout ce que nous avons fait ne servira à rien !

— Si les gendarmes arrivent à capturer les complices, ce sera déjà quelque chose ! riposta François, et si ceux-ci s'aperçoivent que Paul les a trompés, ils le vendront peut-être. Qui sait ? Attendons, nous serons bientôt renseignés ! Comment ça va, Guy ?

— Parfaitement bien, merci ! »

Le jeune archéologue pédalait d'autant plus facilement qu'on avait à présent retrouvé un chemin assez praticable. Il lui fallait même s'arrêter assez souvent pour attendre les autres. Son frère le suivait à la même cadence, sans jamais le quitter des yeux.

169

« Comment ont-ils pu se fâcher aussi complè-tement, alors qu'ils s'aiment tant ? » se deman-dait Annie. Puis elle aperçut la petite maison des Le Meur.

« Est-ce que nous nous arrêtons pour les remercier de leur hospitalité ? demanda-t-elle avec un sourire malicieux.

— Tu es folle ! Nous n'avons pas le temps aujourd'hui, fit François. Nous reviendrons un autre jour... »

La chaumière des Le Meur fut donc dépassée, puis, bientôt, les premières maisons de Kernach apparurent. Les pas se firent encore plus rapides. Dago bondissait de joie, comme s'il était vraiment heureux de rentrer chez lui.

« Nous arriverons trop tard pour le déjeuner, remarqua Mick. J'espère quand même qu'il res-tera quelque chose à manger, je meurs de faim !

— C'est vrai qu'il est déjà une heure et demie ! Tant pis ! nous dévaliserons le garde-manger de Maria ! Elle grognera tant qu'elle pourra et nous dira qu'on n'a pas idée de ren-trer déjeuner sans prévenir, mais elle sera trop heureuse de nous prouver qu'elle ne se laisse jamais prendre au dépourvu. »

La grille des Mouettes apparut enfin. Elle était grande ouverte. Enfants, chiens et bicyclettes se précipitèrent entre ses battants, qui leur parurent plus accueillants que jamais.

« Maman ! hurlait Claude en grimpant le per-ron de la maison. Maman ! Nous sommes reve-nus ! »

Personne ne lui répondit.

170

Toute la bande s'élança dans le vestibule, Dago en tête, et Claude hurla encore plus fort :

« Maman ! Nous sommes revenus ! »

La porte du bureau s'ouvrit brusquement, et M. Dorsel parut, les sourcils froncés, l'air en colère.

« Claudine ! Combien de fois t'ai-je dit de ne pas faire tant de bruit quand je... »

Mais sa phrase resta en suspens quand il découvrit la bande d'enfants qui se pressaient sur le seuil.

« Qu'est-ce que tout ce monde ? demanda-t-il.

— Oh ! papa ! s'écria Claude. Tu ne vas pas me dire que tu ne reconnais pas François, Mick et Annie ?

— Bien sûr que je les reconnais ! mais je n'ai jamais vu ces deux-là, qui se ressemblent comme deux gouttes d'eau.

— Oh ! ne dis pas ça, oncle Henri ! s'écria Annie. On les reconnaît très bien maintenant : l'un a un pansement à la cheville, l'autre au genou. »

M. Dorsel ne parut pas apprécier la plaisanterie.

« D'où viennent-ils ? demanda-t-il.

— Oh ! papa, commença Claude, c'est toute une histoire et...

— Alors je n'ai pas le temps de l'écouter ! trancha M. Dorsel. Allez jouer dans le jardin et ne faites pas de bruit..., si toutefois cela vous est possible !

— Mais, papa ! nous n'avons pas le temps de jouer ! Il faut que nous téléphonions à la gendarmerie pour faire arrêter des bandits, que nous appelions un médecin pour soigner le pied de Guy, que nous déjeunions parce que nous mourons de faim, que...

— Assez ! Assez ! » suppliait M. Dorsel, cherchant vainement à freiner la volubilité de sa fille. Mais celle-ci était moins que jamais en état de se taire.

« Oh ! papa ! s'écria-t-elle encore, regarde ! L'oreille de Dago est complètement guérie ! »

François pressentit que le moment était venu d'intervenir, s'il voulait éviter à Claude d'être sévèrement grondée par son père.

« Nous ne voulions pas te déranger, oncle Henri, dit-il. Sais-tu où est tante Cécile ?

— Au fond du jardin. Elle cueille des framboises ou bien des prunes, je ne sais pas. Allez la rejoindre et laissez-moi tranquille, ou bien je... »

Puis, de nouveau, il laissa sa phrase en suspens et ses regards demeurèrent attachés à la queue mince et frétillante de Radar.

« Quoi ! s'écria-t-il. Il y a un second chien maintenant ? Je...

— Nous partons, oncle Henri ! » reprit François en repoussant précipitamment le groupe vers la sortie.

La porte du bureau de M. Dorsel claqua violemment, et Claude s'élança au-dehors en criant :

« Maman ! Maman ! où es-tu ? »

Mme Dorsel fut très surprise de voir les enfants déjà de retour, et plus surprise encore

172

de constater qu'en trois jours il leur était arrivé tant de choses.

Mais elle ne s'attarda ni à écouter l'histoire de Paul et de ses complices, ni à s'étonner de la présence des jumeaux : elle ne vit que la cheville enflée de Guy et s'écria :

« Mais, mon pauvre garçon, il ne faut pas rester debout avec le pied dans cet état. Viens t'allonger, je vais t'arranger ce pansement qui ne tient pas. »

En la voyant si occupée, François prit le parti d'appeler lui-même les gendarmes. On l'entendit prononcer quelques phrases d'une voix ferme et claire — presque une voix d'adulte — puis il raccrocha, et un sourire sur les lèvres, vint annoncer :

« Le brigadier a dit qu'il venait lui-même, tout de suite.

— Tu serais gentil, lui dit Mme Dorsel, d'appeler aussi le médecin. C'est le 28, demande-lui de passer dès qu'il le pourra.

— Maman, tu ne t'intéresses vraiment pas beaucoup à nos aventures ! remarqua Claude un peu dépitée.

— Bien sûr que si, ma chérie, mais il t'en arrive tellement... !»

Personne n'avait encore eu le temps de s'expliquer qu'un coup violent était frappé à la porte d'entrée. M. Dorsel sortit précipitamment de son bureau.

« Qu'est-ce encore que ce tapage ? » cria-t-il. Puis il reconnut le brigadier, et ses traits se détendirent. « Excusez-moi, dit-il, je croyais que c'étaient les enfants ! Il n'y a pas moyen d'avoir un instant de tranquillité quand ils sont là. Entrez, je vous prie. »

François avait chargé son frère d'appeler le docteur. Il tenait à présenter lui-même le fameux sac de cuir noir au représentant de la loi, et les autres se pressaient derrière lui, même Mme Dorsel, surprise de voir que le gendarme s'était déplacé si vite à l'appel de son neveu.

« Ah ! c'est cela l'objet ! dit le gendarme en jetant un regard scrutateur sur le sac. Qu'y a-t-il dedans ? Des objets volés ?

— Nous ne le savons pas au juste, mais ce sont très probablement des plans, dit François. Nous n'avons pas pu ouvrir le sac. Il n'y a pas de clef.

— Donnez-moi ça ! »

Le brigadier sortit de sa poche un petit outil qu'il introduisit dans la serrure et, aussitôt, le sac s'ouvrit.

Tous s'approchèrent instinctivement d'un pas et se penchèrent pour voir ce qu'il y avait dans le sac, même Dago. Ils en furent pour leur peine. Le sac était vide. Complètement vide !

Chapitre 20

L'aventure s'achève comme elle a commencé

Ainsi, le précieux sac était vide !

Pour les enfants ce fut une amère déception. Ils avaient prévu cette éventualité, ils en avaient même discuté, mais au fond d'eux-mêmes chacun restait persuadé que quelque objet de valeur s'y dissimulait.

Le brigadier de gendarmerie parut surpris et mécontent. Il toisa les enfants d'un air sévère.

« Où avez-vous trouvé ce sac ? demanda-t-il. Comment avez-vous pu croire qu'il contenait quoi que ce soit de précieux ? Et de quels plans parliez-vous ?

— Euh..., bafouilla François, embarrassé. C'est une assez longue histoire.

— Je crois qu'il sera nécessaire que vous me la racontiez », fit le brigadier sans se dérider. Et il sortit de sa poche un carnet noir. « Comment tout ceci a-t-il commencé ?

— C'est simple ! s'écria Claude. Cela a commencé parce qu'il a fallu mettre à Dagobert une collerette de carton... »

Les yeux du brigadier s'agrandirent sous l'effet de la surprise, mais il n'avait pas de temps à perdre. Il se tourna vers François.

« Parlez, lui dit-il assez sèchement, vous vous expliquerez peut-être mieux. »

Claude rougit violemment, et ses sourcils se froncèrent de colère. François lui adressa un clin d'œil en guise de réconfort, puis, après avoir invité le gendarme à s'asseoir, il lui exposa les faits aussi clairement et brièvement que possible.

Le brigadier l'écoutait en silence et son visage trahit bientôt un intérêt de plus en plus visible. Il nota quelques mots sur son carnet, surtout les noms de Paul et de Léon et toutes les particularités que les enfants purent lui fournir sur ces mystérieux personnages. L'accent étranger du chef de bande fut l'objet d'un interrogatoire assez prolongé, François se révélant incapable de préciser l'origine de cet accent particulier.

L'empreinte de semelle que Mick avait relevée aux abords de la chaumière, et qu'il exhiba fièrement, fit ensuite figure d'importante pièce à conviction. Il abandonna à regret, pour les besoins de l'enquête, le morceau de papier sale et chiffonné qui fut soigneusement plié et enfoui dans la sacoche du gendarme. Lorsque François en arriva à la découverte du sac noir, le brigadier, désormais conquis, parut partager cette fois la déception des jeunes détectives.

« Je ne m'explique pas que ce sac soit vide, dit-il. Il est anormal que ce Paul ait voulu tromper ses complices, puisqu'ils savent où le retrouver. »

En même temps, il reprenait le sac et le secouait. Rien n'en sortit. Il le rouvrit et se mit à en examiner soigneusement l'intérieur. Tout à coup il prit son couteau dans sa poche et en glissa une lame sous la doublure qui se souleva lentement.

Alors, sous cette doublure, quelque chose apparut : un papier bleuâtre, soigneusement plié. Un papier couvert de milliers de lignes, d'annotations et de minuscules figures géométriques. Un tel silence suivit cette apparition qu'on entendit une abeille voler au jardin.

Le brigadier laissa échapper un petit sifflement.

« Ainsi, dit-il, le sac n'était pas vide ! Mais je voudrais bien savoir ce que représente ce papier. Les plans de quelque chose, mais de quoi ?

— Papa le saurait peut-être, suggéra Claude. C'est un savant, vous savez...

— Oui, je sais ! coupa le brigadier. Pouvez-vous lui demander de venir tout de suite ? »

177

Claude s'éclipsa et revint presque aussitôt, suivie de son père, dont les sourcils se fronçaient comme chaque fois qu'un imprévu venait l'arracher à son travail.

« Je m'excuse... » commença le brigadier.

Mais M. Dorsel ne le laissa pas finir sa phrase. La simple vue du document déplié sur la table lui avait arraché un cri de surprise :

« Que fait ici ce plan ? Non ! c'est impossible ! Ce ne peut pas être ça... Mais si, pourtant ! »

Tous le regardaient avec des yeux ronds tant sa brusque agitation leur paraissait inexplicable.

« Est-ce donc si important ? demanda le brigadier.

— Important ? Mais, mon ami, ce document n'existe qu'en deux exemplaires. L'un est dans mon bureau, et je l'étudie en ce moment. L'autre est chez le professeur Leroy-Larson. Il n'y a pas, il ne peut pas y avoir de troisième exemplaire !

— Il y en a un troisième cependant, remarqua le brigadier, puisque le voilà. C'est une évidence qui ne peut être mise en doute.

— Eh bien, moi, j'en doute ! s'écria M. Dorsel de plus en plus troublé. Je serais plutôt tenté de croire que cet exemplaire-ci est celui du professeur Leroy-Larson. Mais comment serait-il venu ici ? Pourquoi le professeur s'en serait-il dessaisi ? Il faut que je le sache. Attendez, je lui téléphone. »

Éberlués, les enfants regardèrent M. Dorsel quitter la pièce sans parvenir à formuler la moindre parole. Qu'avait donc de si important ce papier couvert de signes mystérieux pour que son apparition produise un tel effet sur le savant ? La forte voix de M. Dorsel résonna bientôt au téléphone, d'abord anxieuse, puis chargée de surprise et de colère. Enfin une porte claqua et le savant revint. Il était assez pâle.

« C'est bien cela, dit-il. L'exemplaire du professeur a été volé. Les conséquences de ce vol peuvent être si graves qu'il n'a pas voulu que la chose soit ébruitée. Il me l'a cachée, même à moi. Volé ! Un plan de cette valeur, volé ! Dans son coffre-fort ! Sous son nez ! Vous vous rendez compte ! Maintenant il n'en existe plus qu'un seul exemplaire, le mien...

— Pardon ! fit le brigadier en posant sa main sur le papier étendu sur la table. Il en reste toujours deux. L'autre est ici, ne l'oubliez pas.

— C'est vrai ! Je suis si troublé que je n'y pensais plus. Je ne l'ai même pas dit au professeur. Attendez, je vais le... »

Le brigadier le retint par le bras.

« Ne le rappelez pas, dit-il. Il semble préférable que cette affaire reste secrète.

— Mais, papa, demanda brusquement Claude, se faisant l'interprète de tous, que représente ce plan ?

— Oh ! fit M. Dorsel d'un air outré, ne compte pas sur moi pour te le dire. Ce n'est pas un jeu pour les enfants. C'est un secret intéressant la défense nationale. Une découverte d'une importance capitale. Donnez-moi ce papier, brigadier. »

Mais le brigadier posa sa grosse main sur le plan bleu.

« Non, dit-il. Je le ferai restituer secrètement au professeur Leroy-Larson. » Et, comme M. Dorsel ne semblait pas disposé à céder aussi facilement, il ajouta : « Il ne serait pas prudent de laisser les deux exemplaires au même endroit. Supposez que le feu prenne à la maison, ils seraient détruits tous les deux !

— Vous avez raison, gardez-le ! » lança M. Dorsel, puis, se tournant vers les enfants, il ajouta : « Maintenant je voudrais bien que vous m'expliquiez comment il se fait que ce plan soit en votre possession.

— Ces enfants se feront un plaisir de vous raconter leur aventure », assura le brigadier avec un large sourire, mais François l'interrompit en s'écriant :

« Nous te dirons tout, oncle Henri, mais plus tard. J'ai quelque chose de très urgent à dire, que le brigadier ne sait pas encore.

— Quoi donc ?

— Que nous avions finalement vu, tout à l'heure, les trois individus descendre dans le souterrain au moyen d'une corde et...

— Comment, vous les avez vus descendre et c'est maintenant que vous me le dites ? s'écria le gendarme en un accès de colère. Nous avions une chance unique de coffrer ces voleurs et vous nous l'avez fait perdre ! »

François réprima difficilement un sourire et dit d'une voix qui se voulait calme :

« Rien n'est perdu ! Ils attendent que vous alliez les chercher... »

Le brigadier crut que le jeune garçon se moquait de lui et allait se fâcher, mais Mick ne put retenir un éclat de rire.

« François a enlevé la corde qui leur avait servi à la descente, expliqua-t-il. Ils n'ont plus aucun moyen de sortir du souterrain. Si vous voulez que je vous accompagne, je vous montrerai l'endroit... »

L'arrivée précipitée du médecin, au moment où le brigadier quittait la villa des Mouettes avec une remarquable promptitude, fut encore un des épisodes amusants de cette étonnante journée. Puis tous se retrouvèrent autour d'un somptueux goûter auquel Maria avait ajouté force sandwiches et mets reconstituants.

La brave femme ne comprenait rien à tous ces événements insolites, sinon que, une fois de plus, les enfants étaient venus à bout d'une mystérieuse aventure. Et elle savait bien que pareille situation se traduisait toujours par un redoublement d'appétit.

Les jumeaux Truchet et leur chien partagèrent ce festin avec une joie d'autant plus grande que Mme Dorsel les avait invités à rester aux Mouettes jusqu'à la guérison totale de la foulure de Guy — une dizaine de jours, avait dit le docteur.

Tous parlaient à la fois, la bouche pleine, s'efforçant d'expliquer aux parents éberlués les multiples péripéties survenues pendant ces quelques jours d'absence, lorsque le téléphone sonna.

François se précipita pour répondre et revint un moment plus tard avec une mine épanouie comme on lui en avait rarement vu.

« C'était le brigadier, expliqua-t-il. Quand il est arrivé, les trois hommes étaient toujours au fond du trou. En entendant des pas, ils ont appelé au secours et demandé qu'on leur lance une corde. Les gendarmes en ont lancé une. Les gars sont sortis sans méfiance et, clic-clac, on leur a mis les menottes à tous ! Le brigadier a l'air bien content. Il ne tardera pas, m'a-t-il dit, à arrêter aussi Paul et la femme, et il m'a chargé de vous transmettre à tous ses félicitations !

— À Dagobert aussi, j'espère ! » s'écria Claude aussitôt.

François tourna la tête vers le chien.

« Dagobert, dit-il, aura droit à une récompense particulière qui lui sera bien utile.

— Laquelle ?

— Une nouvelle collerette de carton. Regardez-le ! Il s'est si bien gratté l'oreille qu'elle recommence à saigner. »

D'un bond, Claude s'élança vers son chien et écarta l'oreille tachée de sang.

« Oh ! Dago ! s'écria-t-elle. Quel idiot tu fais ! Maman, viens voir. C'est pire que jamais ! »

Mme Dorsel s'approcha et examina la blessure. « C'est vrai ! dit-elle. Mais pourquoi lui as-tu enlevé sa collerette, Claude ? Je t'avais dit d'attendre que la plaie soit tout à fait cicatrisée.

— C'est à devenir fou ! s'écria la fillette,

désespérée. Il faut lui remettre encore ce carcan et tout le monde va recommencer à se moquer de lui ! »

François lui lança un clin d'œil amical.

« Du cran, Claude ! dit-il. N'est-il pas amusant de penser que toute cette aventure qui a débuté par une collerette de carton finira comme elle a commencé, avec une autre collerette ? »

Mais M. Dorsel devait trouver le mot qui chasserait toutes les appréhensions de sa fille :

« Pour moi, assura-t-il très sérieusement, je ne pourrai plus regarder Dagobert et sa collerette qu'avec admiration : c'est grâce à eux que le plan du professeur Leroy-Larson a été retrouvé.

— Bravo ! Un ban pour Dago ! » hurla François au milieu des applaudissements unanimes. « Et une autre collerette, vite ! »

Table

Dans la même collection…

Mademoiselle Wiz,
une sorcière particulière.

Mini, une petite fille
pleine de vie !

Fantômette,
l'intrépide
justicière.

Avec le Club des Cinq,
l'aventure est toujours
au rendez-vous.

Kiatovski,
le détective en baskets
qui résout
toutes les enquêtes.

Dagobert,
le petit roi
qui fait tout à l'envers.

Rosy et Georges-Albert,
le duo de choc
de l'Hôtel Bordemer.

Avec Zoé,
le cauchemar devient
parfois réalité.

Imprimé en France par ***Partenaires-Livres***®
n° dépôt légal : 61328 - juillet 2005
20.20.0176.6/07 ISBN : 2.01.200176.9
Loi n° 49-956 du 16 juillet 1949
sur les publications destinées à la jeunesse